Karen Köhler

Himmelwärts

KAREN KÖHLER

HIMMELWÄRTS

Mit Bildern von
Bea Davies

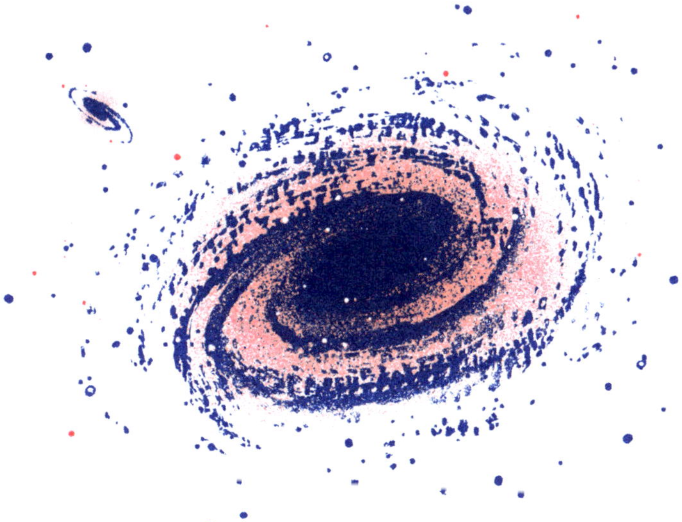

Hanser

HANSER hey! Schau vorbei und
teile dein Leseglück auf Instagram

3. Auflage 2025

Das Hörbuch erscheint bei DerDiwan,
gelesen von der Autorin.

ISBN 978-3-446-27922-3

Vilshofener Straße 10 | 81679 München | info@hanser.de

Umschlag und Gestaltung: Bea Davies
Satz im Verlag
Druck und Bindung: TBB, a.s., Banská Bystrica
Printed in Slovak Republic

FSC
www.fsc.org
MIX
Papier | Fördert
gute Waldnutzung
FSC® C022120

Für meinen Papa,
der mir die schönsten Sternschnuppen schickt

ZEHN

Wo fängt diese Geschichte an? Heute? Fängt sie wirklich hier an? So wie ich jetzt in meinem Zimmer liege, auf YumYum warte, und die Zeit ticktockt viel zu langsam? Gibt es nicht immer noch etwas, ein Ereignis, das vor dem geschah, was du erzählen willst?

Du fragst dich vielleicht, warum ich hier liege, mit blauer Farbe im Gesicht. Wie die Farbe da hingekommen ist, rund um meine Augen. Aber wenn ich's erzählen würde, würde diese Geschichte eben woanders anfangen. Bei *Es war einmal, da war noch keine Vermissung. Es war einmal, da nannte mich jemand Toni-Peperoni*, zum Beispiel. Es gibt vielleicht immer noch ein Davor. Und etwas davor. Und noch davor. Immer weiter zurück, bis zum Urknall ...

Ich denk das so und stell mir Zeit als Lakritzschnecke vor, meinetwegen. Zeit ist eine elastische Lakritzschnecken-Schnur, auf die du Erlebnisperlen ziehen kannst. Zeit ist eine Schildkröte, die auf dem Rücken liegt, ist eine Katze im Schnee oder eine Katze mit Gurke, Zeit ist eine Rakete. Zeit ist eine Diva auf Stöckelschuhen. Zeit ist die bestellte Pizza, die nicht kommen will. Zeit sind die Monate, Wochen, Tage,

Stunden, Minuten, Sekunden zwischen dem Termin beim Arzt und der Buche im Wald.

Ist dir auch schon mal aufgefallen, wie langsam Zeit vergeht, wenn du zum Beispiel nachsitzen musst, weil du zum Beispiel, statt das Diktat mitzuschreiben, einfach nur ihren Namen immer wieder in dein Heft kritzelst, weil in deinem Kopf nichts anderes ist als ihr Name und die Zahl Siebenunddreißig? Dann vergeht die bescheuerte Zeit zum Beispiel mit Absicht langsam. So wie jetzt, weil ich ja gerade auf meine beste Freundin waaaaaaaaaaaaaaaaaaaaaaaaaaaaaaaaaaaaaaaaaaaaaaaaaaaaaaaaaaaaaaaaaaaaaaaaaaaaaaaarte.

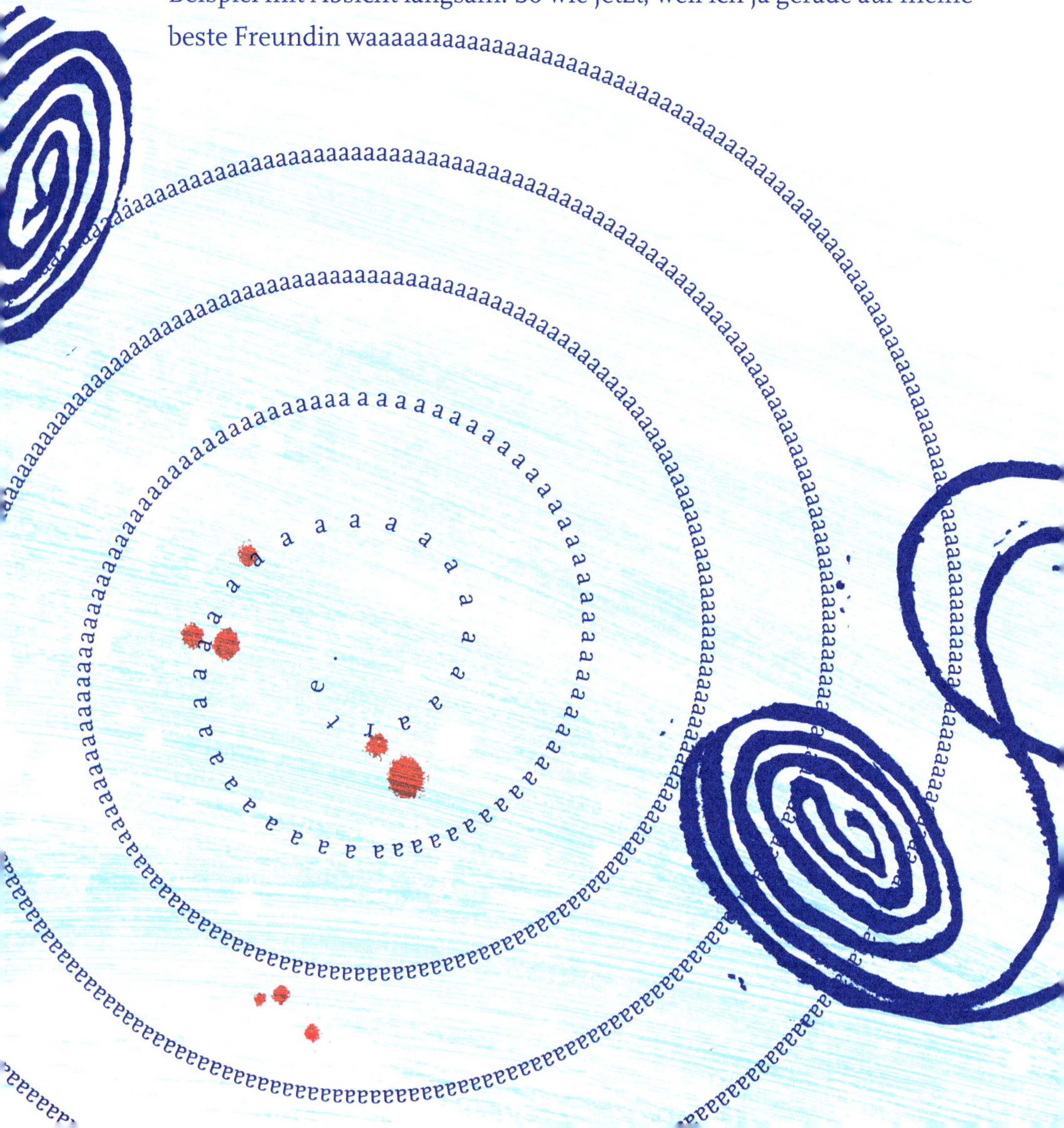

Wenn du aber mit YumYum auf dem Spielplatz bist, im Wald oder am Fluss, oder ihr bastelt und schraubt gerade was, seid am Computer, oder ihr spielt Fußball, dann: Wusch, zack, schwupp, kadoing, ding ding ding, beeilt sich die Zeit auf einmal so richtig mit dem Vergehen. Und du dann so: Häh? Nanu? Und schwupp, weg ist sie.

Schon mal drüber nachgedacht, warum das so ist, dass Zeit nicht immer gleich schnell vergeht? Und warum fangen Countdowns eigentlich immer bei Zehn an und zählen dann runter bis zur Null, so als könnte danach nichts mehr kommen?

Vielleicht ist dein ganzes Leben ein Countdown, und Null ist dann der Moment, in dem du stirbst. Aber wer zählt dann da? Und woher weißt du, wann die Null kommt und wo du anfangen sollst? Woher weißt du, wie viele Erlebnisperlen du noch auf deine Zeit-Lakritzschnur ziehen kannst? Da fällt mir was ein, das muss ich kurz aufschreiben.

TONIS NOTIZBUCH

Wie wir meinen zehnten Geburtstag gefeiert haben mit einem Kuchen, der aussah wie eine Peperoni. Wegen Toni-Peperoni. Mit einer echten Peperoni-Girlande über dem Tisch. Mit dem Wer-traut-sich-reinzubeißen-Gefühl. Wie Mama geweint hat, aber nicht wegen der Schärfe. Wie Papa uns dann mit seinen langen Armen an sich gedrückt hat und wir ein Familienklumpen waren.

ZEHN (WEITER GEHT'S)

Ich fange also hier an mit dem Erzählen. Hier beginnt mein Countdown. Einfach so. Genau jetzt, wie ich hier so liege, auf dem Boden in meinem Zimmer, und auf YumYum warte, während die Zeit eine Lakritzschnecke ist, die keinen Bock hat zu vergehen. Ich fange hier an, weil heute der Tag ist, falsch, heute kommt die Nacht, auf die ich mich seit Wochen freue: YumYum und ich werden heute im Garten schlafen. Im Zelt! Alleine!! Tadaaaa!!!

Das Zelt heißt Phantom 3000 und ist so ein Wobbelding, das du erst mal bändigen musst beim Aufbauen. Und immer die Frage, wo welcher Stab reinmuss. Mama hat das ziemlich gut gecheckt, aber Papa, na ja: Du hörst sein Fluchen aus dem Zeltbauch, und von außen sieht es so aus, als würde es ihn verdauen.

Wir dürfen also heute im Garten schlafen und haben einen Plan. Mission: Kontaktaufnahme! Aber das erzähle ich später. Wir haben alle Bauteile für das Funkgerät unter meinem Bett versteckt. Und, das Beste: Wir haben unser Taschengeld der letzten Wochen für Snacks ausgegeben. Weiß Papa natürlich nichts von. Also nichts vom Gerät und nichts von den Snacks.

Weißt du eigentlich, wie viel Kraft es mich gekostet hat, die nicht aufzufuttern? Den halben Bettkasten voll Naschzeug, sabber, aber: Ich bin Snack-Yedi geworden und hab das nur ausgehalten, weil ich mich so auf heute gefreut hab. Na gut, eine Tüte Drachenzungen musste zwischendurch dran glauben. Und jetzt schleicht sich auch gerade der

Gedanke ein, dass ich noch schnell eine Tüte Vampire weghauen könnte. Aber guck, wie ich mich selbst bändigen kann. Siehst du, wie ich nicht die Snackeritis bekomme? Snack-Yedi halt.

Jedenfalls ist alles gut geplant, und wir sind bestens vorbereitet.

Wenn es nur endlich losgehen würde. Der Blick auf den Wecker neben meinem Bett sagt mir, dass erst fünf Minuten vergangen sind! FÜNF MINUTEN?! Was bist du denn für ein Schleichwecker!

Vielleicht sollte ich uns erst mal vorstellen! YumYum ist mein bester Nahmensch, sie ist meine Lachenmacherin und Ich-fang-dich-wenn-du-fällst-Freundin. Sie ist meine Ich-kenn-dich-wir-müssen-nicht-reden-Person. YumYum geht auch mit mir zur Buche im Wald, der *Ruheforst* heißt, und macht Seifenblasen. Sie ist meine Pommesfreundin. Jeder Mensch braucht eine*n Pommesfreund*in, meine Meinung.

FREUNDSCHAFTSBUCH:

Name YumYum (das wird so ausgesprochen: *Jamjam*)

Alter 10 Jahre, 115 Tage, 16 Stunden, 12 Minuten und 43 Sekunden. ← Meine Schätzung. Aber YumYum weiß das ziemlich genau, sie hat so eine App, die ihr immer genau anzeigt, wie alt sie ist.

Sport Denken, Fußball

Superkraft Googelt schneller, als ein Cowboy seinen Revolver zieht

Lieblingstier Space-Einhorn

Lieblingsfarbe Bunt

Das macht sie gerne Immer in Bewegung, hat Energie für zwei. Sie schraubt und lötet, bastelt und sägt und denkt sich Sachen aus. Wissen sammeln. Googeln. Wikipediaen. Snacken.

Das mag sie YUMYUM mit Garnelengeschmack. Weltraum. Forschen. Ergebnisse rausbekommen. Geschwindigkeit. Halloween. Saure Pommes. Pizza. Chips. Sonne auf dem Bauch. Tore schießen. Bücher.

Das mag sie nicht Regeln und Verbote von ihrer Mutter. Kapern. Spargel. Tomaten. Glibberige Pilze. Schokoladeneis. (Hallo? Wie kann man bitte kein Schokoeis mögen?!) Angelogen werden. Still sitzen. Warten. Schlange stehen. Salat.

Name Toni-Peperoni

Alter 10 Jahre, gefühlte 170

Sport Liegen

Superkraft Schwerkraft

Lieblingstier Totoro

Lieblingsfarbe Rot. Blau. Glitzer.

Das mache ich gerne Im Moment: Liegen. Zeit mit YumYum verbringen.

Das mag ich Pommes Schranke, Elefantenbabys auf Youtube. Das Meer. Schokoladeneis. Japanische Animes. Chips. Halloween. Lakritze. Mein Mama-Regal.

Das mag ich nicht Salat. Den Geruch vom Krankenhaus. Beerdigungen. Spinnen. Zecken hinterm Ohr. Das Piepen vom Perfusor. (← Musst du nicht kennen, das Teil. Willst du nicht kennen, das Teil.) Verlieren, egal bei was. Meine Schwerkraft ist doppelt und dreifach so groß wie deine, wetten?

Und wer bist du eigentlich?

Name

Alter

Sport

Superkraft

Lieblingstier

Lieblingsfarbe

Das machst du gerne

Das magst du

Das magst du nicht

Spezialtechnik

Was ist das größte Abenteuer, das du erleben willst?

Hast du ein*e Pommesfreund*in?

Ja, los, schreib rein ins Buch!

ZEHN (JETZT ABER!)

Ding Dong. Die Haustür! Endlich! Zeit wird von Schildkröte zu Gepard. Neue Erlebnisperle auf die Lakritzschnecke fädeln: Ich rappel mich hoch, sprinte, schliddere auf meinen Socken um die Zimmertürecke, in den Flur, am Wohn- und Esszimmer, an Papa vorbei, hin zur Haustür. Und da steht sie mit ihren Antennenzöpfen. Steht da mit ihrem Rucksack. Steht da und trippelt von einem Bein aufs andere. YumYum ist da!

»Endlich!«

»Totoroni!«

Sie feuert den Rucksack in die Ecke, zieht ihre Jacke aus, lässt sie im Laufen auf den Boden fallen und sagt nur: »Klo!«

Das macht sie immer. Als Erstes geht YumYum immer pinkeln, so ist sie eben. Totoroni wegen Toni-Peperoni und Totoro und YumYum, verstehst du, oder? Wusste ich doch.

Ich also mit ihrem Monsterrucksack hinter ihr her bis zur Klotür. Sie hat gleich Musik aufm Handy an, weil: Ohne Geräusche kann sie nicht.

»Hast du alles?«

»Ja, im Rucksack.«

»Wieso ist der so schwer?«

»Gerät. Was denkst denn du?«

Und da kommt auch schon mein Papa um die Ecke, ich mach mein Gesicht auf cool und chill. Und als ich sehe, dass er was sagen will, schalte ich die Augen auf genervt, schüttele den Kopf und lege meinen Zeigefinger auf die Lippen, bitte nichts sagen, Papa, nicht jetzt, aber er hat keine Checkung.

»Schön, dass du da bist, Y… Nein?«

»Oar, Papa! Privatsphäre? Hallo?«

Er hebt beide Hände, sagt lautlos *Sorry*, dreht sich um und verschwindet in der Küche.

»Isser weg?«, fragt YumYum durch die Tür, jetzt läuft Klassik, irgendwas mit Klavier, keine Ahnung.

»Ja.«

»Zelt steht schon?«

»Ja. Hat aber ewig gedauert, das aufzubauen.«

»Coole Maske übrigens.«

»Mit Mamas Halloweenfarbe gemacht.«

»Richtig cool. Gutes Blau.«

»Danke.«

»Hätte ihr gefallen.«

»Ja … Muss schnell was … Bin im Zimmer!«

TONIS NOTIZBUCH

Wie sie mir einen Schmetterling ins Gesicht geschminkt hat, da war ich noch im Kindergarten. Ich saß im Bad auf der Waschmaschine und hatte die Augen zu. Sie hat in meinem Gesicht gemalt und mir erklärt, was eine Metamorphose ist und wie der Schmetterling zum Schmetterling wird. Und das ist für mich so ein Wunder, auch wenn ich von ihr »Die kleine Raupe Nimmersatt« so unzählig oft vorgelesen bekommen habe, dass ich es auswendig kann, noch immer.

Wie sie fertig war und mir den Handspiegel gab und ich mich anguckte mit einem Schmetterling im Gesicht, der so unfassbar schön war wie nur irgendwas. Ich war der Schmetterling. Ich fühlte mich metamorphotisch. Wie ich ihn nicht mehr abwaschen wollte am Abend und es dann Geheule gab, aber der Schmetterling blieb drauf.

ZEHN (IMMER NOCH)

Papa hat schon das zweite Glas Rotwein drinne und macht einen auf Ess-Schildkröte. YumYum und ich rollen seit zehn Minuten mit den Augen, weil wir schon unsere Portionen Spaghetti mit Pesto inhaliert haben, während Papa immer noch den Salat auf seinem Teller von links nach rechts schiebt und Erwachsenensprech macht:

Mwooopmwooopmwoopwopwop … Schuleirgendwas … mwooopm-wopp … baldZeugnisse … wopwopp … EsstdochvomSalat, der ist gesund … wopwopp … DressingBalsamico … kommtihraufsGymnasium …

YumYum schafft es, zwischendurch voll interessiert zuzuhören und zu nicken, ich pack's echt nicht. Papa schenkt sich das dritte Glas Wein ein, danach wird er traurig, wie immer am Wochenende, seit … Dann verschwindet er aufs Klo und kommt mit roten Augen wieder, und er denkt, ich sehe das nicht. Heißt Wein *Wein*, weil man davon weint? Wäre eigentlich gut, wenn es einen Wein-Laden gäbe, wo man einfach reingeht und weint, und keiner guckt doof, so wie in ein Restaurant zum Essen, nur zum Weinen eben. Papa trinkt jedenfalls jeden Abend mindestens ein Glas, seit ... seit ... Auf einmal tut sich dieses Loch in mir auf, und ich kann es nicht mal denken. Ich nehme Anlauf: Seit ...

»Toni!?«

»Was?«

»Ich hab dich was gefragt.«

»Nicht zugehört, Tschuldigung, was?«

»Ob du satt bist?«

»Ja, ich platze!«

»Das hab ich auch gesagt!« YumYum und ich klatschen uns ab.

»Dann will hier wohl niemand mehr Nachtisch?«

»DOCH!«

»Nachtisch!«

»Lieber nicht, geplatzte Kinder bekommt man so schwer aus dem Teppich wieder raus.«

»Ich habe einen Nachtischmagen, der ist nur für Nachtisch da. Wie bei einer Kuh. Guck, Papa, hier, da ist mein Nachtischmagen.«

»Im Gefrierfach ist Eis.« Er lächelt ein bisschen, wir sprinten in die Küche und sind in weniger als einem Augenzwinkern zurück.

Vor uns die Schälchen und in der Mitte vom Tisch der Becher mit dem Eis. *Strawberry Cheesecake* steht auf der Packung. *Struoabewwi Tschießkäik*. Papa meint, es muss erst antauen. Warum muss Eis in der Packung antauen, es taut auch in meinem Mund sehr gut an? YumYum und ich hypnotisieren den Becher, damit es schneller geht.

»Tau auf! Tau auf!« Dazu klopfen wir mit den Löffeln gegen die Tischkante. Davon wird zwar das Eis nicht schneller weich, aber Papas Geduldsfaden sehr dünn. Drei, zwei, eins:

»So.« Dann schabt er Portionen in die Schälchen.

Dass wir keinen Nachschlag verlangen, würde mich wundern, wenn ich Vater wäre, aber Papa fragt YumYum nur nach den Sternen und ahnt nicht mal, dass wir noch Süßes essen werden heute Nacht. Tonnenweise Süßes. Papa sitzt da und trinkt vom Wein und weiß nicht, dass wir noch jede Menge Chips knuspern werden heute Nacht. Alles Begleitprogramm zur Mission *Kontaktaufnahme mit Mama*. Wahrscheinlich wird es eh nicht klappen, und dann ist es gut, wenn du Trostchips dabeihast.

»Aua.«

YumYum kickt mich unterm Tisch ans Schienbein, weil es ihr echt zu blöd ist, meinem Vater zum zehnten Mal eine Supernova zu erklären. Also werfe ich den Rettungsring:

»Fertig, Papa. Dürfen wir raus?«

»Erst Zähne putzen.«

»Jaha.«

»Räumt ihr das Geschirr in die Küche?«

»Jaha.«

Also wenn ich Vater wäre, das würde mich stutzig machen, dass wir wie die Lämmchen *Jaha* blöken, aber ich bin ja nur ich.

»Wasch dir das Gesicht!«, ruft Papa noch hinterher.

Ich denke *Neihein*, sage aber nichts und hoffe, dass er's vergisst bis nach dem Zähneputzen. Weil: Meine Spezialmission-Augenmaske in Blau, die bleibt natürlich drauf.

Mein Spiegelbild starrt mich an, und ich suche nach einer Spur von ihr, die Mundform vielleicht? Bei YumYum brummt schon die Zahnbürste im Mund, und sie macht ihr Hakuna-Matata-Gesicht. Kennst du? Nicht? (Das ist Swahili, Hakuna bedeutet *es gibt keine*, Matata bedeutet *Schwierigkeiten*.) Aus YumYums Mundwinkeln läuft Schaum bis zum Kinn und tropft dann ins Waschbecken. Sie will was sagen und spuckt Blasen, wir kichern. Von elektrischen Zahnbürsten muss ich immer niesen, weil das so in meiner Nase kribbelt, also schrubbe ich mit der Hand. YumYum sagt, dass ihre Zähne zehntausendmal so sauber sind wie meine. Und, zack, schon ist sie fertig. Ich glaube, sie ist mit allem einfach doppelt so schnell wie ich. (Außer beim Essen!) Schon flitzt sie aus dem Bad in mein Zimmer. Ich gucke mir in die Augen mit der türkisblauen Maskenumrandung, meine Hand macht links-rechts-links-rechts, jetzt rauf-runter-rauf-runter. Ich spreize den kleinen Finger vornehm ab, auf dem nur noch ein kleiner Rest Nagellack zu sehen ist.

TONIS NOTIZBUCH

Die dunkle Linie unter Mamas linkem Daumennagel. Und wie sie immer dachte, das sei nichts, und mit dem knallroten Nagellack drübergemalt hat. Und dann war es doch etwas ...

Ihre Finger auf dem Küchentisch beim Lackieren. Das Wedeln ihrer Hände in der Luft, damit die Farbe trocknet. Wie sie mir dann auch den Nagel vom linken kleinen Finger lackiert hat, nachdem ich so sehr gebettelt hatte. (Bettelstufe 1000, kurz vor Wutausbruch.) CHANEL steht auf dem Fläschchen, jetzt steht es im Regal mit den anderen Sachen. Immer sonntags lackier ich mir den Nagel vom linken kleinen Finger. Wie lange der Lack wohl noch reicht? 100 Nägel lang?

ZEHN (JA, IMMER NOCH)

YumYum schliddert im Einhorn-Onesie durch die Tür und holt mich und meine Gedanken wieder zurück ins Bad.

»Wo sind die Snacks?«

»Bettkasten«, sabbere ich mit Zahnpastamund, und schon ist sie wieder weg. Mund ausspülen, Zahnbürste ausspülen, und kurz überlege ich doch von wegen Gesichtwaschen, ein Teil von mir will gehorchen, aber der größere Teil ist bockig und hat Hörner, also lasse ich's. Papa macht im Wohnzimmer Musik an, seit der Buche im Wald hört er immer dieselbe Platte. Hab ihm gesagt, er soll sich einfach gleich 'ne Playlist machen auf Repeat, aber er meinte, gerade das Umdrehen sei ja das Beste.

»Fällt das auf?«

YumYum hat sich die Arme und Beine des Onesies mit Snacks ausgestopft. Es fällt sehr auf. Besonders das Knistern bei jeder Bewegung. Es fällt mons-ter-mä-ßig auf.

»Ja.«

»Kacke. Wie machen wir's? Der Rucksack muss ja auch noch mit raus.«

»Hast du jetzt alle Snacks?«

»Spinnst du? Nur die Hälfte, die anderen musst du nehmen.«

»Hab 'ne Idee. Warte hier im Bad mit

dem Rucksack. Wenn Papa in meinem Zimmer ist, huschst du raus und bringst alles ins Zelt.«

Ich wühle in meinem Kleiderschrank und mache absichtlich alles unordentlich.

»Papa?! PAPA! PA-PA!?« Lautstärke 8,4.

»Was!?«, ruft er aus dem Wohnzimmer zurück.

»WO IST MEIN TOTORO-ONESIE!?«

»Im Kleiderschrank!«

»Da isser nicht!«

»Im unteren Fach! Zusammengerollt!«

»Ich finde ihn nicht!«

»Mach deine Augen auf!«

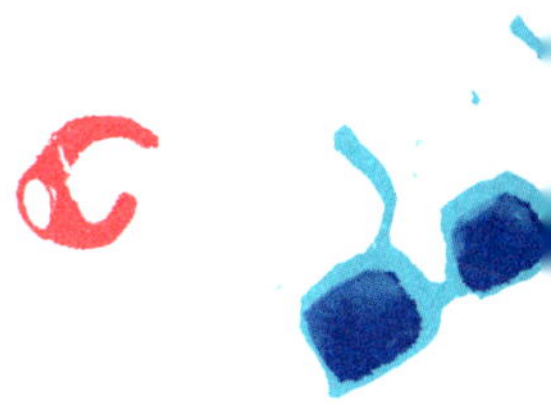

»Der ist nirgends, der ist weg!« Ich versuche, etwas weinerlich zu klingen. Es klappt: Ich höre seine Schritte.

Während Papa und ich uns durch mein Klamottenchaos wühlen, (Verdammtnochmal … Mwoppmwoppmwooppp … Verantwortungtragen … Mwoppwhop … ordentlicherwerden … Toni … gesternhabenwirdenSchrankerstaufgeräumt … whoopwhoppmwopwopwop …), schlüpft YumYum aus dem Bad in den Garten.

Die Sache is', dass ich jetzt wirklich nicht mehr weiß, wo mein Totoro-Onesie ist, und mir kurz die Nerven wegfliegen, bin kurz vorm Heulen, wirklich, aber dann fischt Papa ihn aus dem Haufen.

»Hier isser doch! Und dein Gesicht solltest du dir waschen, du kannst doch nicht so schlafen, Toni, du bist doch kein Kleinkind …«

Und dann zittert mir das Kinn, weil die Scheißtränen durch den Hals nach oben in meine Augen und nach draußen wollen, aber er sieht es und drückt die Schimpfpausetaste: »Och. Komm mal her.« Und nimmt mich in den Arm. Und weil ich nicht will, dass die Tränen das schöne Blau in meinem Gesicht verschmieren, kippe ich meinen Kopf nach hinten und lasse sie zurücklaufen.

»TELEFON! Meine Mutter!«, ruft YumYum panisch über die Musik hinweg aus dem Wohnzimmer. Papa küsst meinen Kopf.

»Komme!«

Während YumYum und ich uns unsere Onesies mit den restlichen Snacks ausstopfen, kämpft Papa am Telefon mit YumYums Mutter. Viele *Mhms* und *Jajas* und *Machen-Sie-sich-keine-Sorgen-Versicherungen*. Du musst wissen, YumYums Mutter ist sehr streng. Immer wenn YumYum hier schläft, ruft sie mindestens zweimal an.

Wir sehen aus wie Astronautinnen in Weltraumanzügen, wenn wir uns ganz langsam bewegen und die Beine nicht so beugen beim Gehen, dann knistern die Verpackungen auch nicht so laut. Mission Gartenlandung, Mission kosmisches Radio, Mission Kontaktaufnahme mit Mama beginnt jetzt: Wir moonwalken durchs Wohnzimmer Richtung Terrassentür. Papa immer noch am Telefon, er zeigt auf den Hörer und rollt mit den Augen.

»Wir sind Astronautinnen ... In Zeitlupe.«

Er macht den Daumen hoch.

»Wir gehen jetzt raus. Mission Zeltlandung.«

Er macht wieder den Daumen hoch.

»Gute Nacht!«

»Nacht! Ich komme gleich noch mal raus. Was? ... Ja ... Raus. Nein, natürlich gehen die beiden nicht raus. Keine Sorge. Nur in den Garten. Ja, der Garten ist draußen, nein, es ist kein Garten im Haus. Ja. Mhm. Keine Sorge. Ja, hat sie ... Wmopwmopwopwopwop ... Wmop? ...«

MWOP MWOP MWOP

NEUN

Die Abendluft flippert durch meinen Kopf. Ich rieche Grillkohle und Blumenduft, ich rieche das Wochenende und das Versprechen von Sommerferien. Irgendwo zischelt ein Rasensprenkler, eine Radau-Amsel singt auf dem Dach vom Nachbarn. Noch ist etwas Tageslicht am Himmel, die ersten Sterne gehen gerade eben auf.

»Sie ist so ein Kontrollfreak! Nichts darf ich! Nie! Meine Mutter ist so scheiße! Echt jetzt mal! Ich hasse sie!«, mault YumYum, und das macht mich ziemlich wütend. Weil:

»Wenigstens hast du noch eine!«

Und jetzt muss ich echt kämpfen, weil in meinem Hals schon wieder diese Schlangen sind. Zeit hält kurz an und bohrt sich in der Nase, oder was weiß ich.

»Tut mir leid.«

»Ich vermisse sie so.«

»Kann ich mir vorstellen.«

»Kannst du nicht!«

Das kann sich wirklich niemand vorstellen, wie man eine tote Mutter vermissen kann, außer du vermisst eben eine tote Mutter. Die Vermissung ist größer als das Universum. Der Tod ist größer als das Universum. Der Tod ist das Summen zwischen den Atomen. Wenn du ihn einmal gehört hast, dann hörst du ihn immer. Wenn du ihn einmal gehört hast, dann weißt du auch, dass sein Atem klingt wie eine röchelnde Kaffeekanne. Und bekomm das Geräusch mal wieder aus deinen Ohren raus.

Ich lasse mich auf den Rücken fallen, die Marshmallow-Packung drückt am Po, Tränen tropfen seitlich aus meinen Augen und machen 'ne Tränenautobahn hin zum Ohr. Ich drücke sie weg, schon allein wegen der blauen Maske, die nicht verschmieren soll. Ich bin eigentlich mehr wütend als traurig. Auch weil Erwachsene glauben, dass ich dumm bin. Von wegen: *Deine Mutter ist jetzt im Himmel und passt von dort auf dich auf.* Oder: *Sie ist jetzt dein Schutzengel.* Ich will keinen Scheißschutzengel. Ich will mit Mama im Wohnzimmer tanzen. Ich will, dass sie mit mir wegen irgendwas schimpft. Ich will, dass sie die Türen knallt, meinetwegen. Ich will alles, auch das Schlechte, was ich vorher nie wollte. Mir echt egal, alles, alles, aber keinen Scheißengel. Wie kann Mama jetzt ein Engel sein? Hat sie Flügel? Wohnt sie etwa auf so einer blöden Wolke? Trinkt sie jetzt mit der bescheuerten Frau Holle eine Rhabarberschorle oder ein Tässchen Tee und quatscht übers Deckenausschütteln, oder was?

»Wie kann Mama jetzt im Himmel sein? Wie?«, frage ich YumYum wütender, als ich will.

»Ich weiß es nicht.«

»Vielleicht ist es nur ein Märchen, so wie der Weihnachtsmann, Frau Holle oder Rotkäppchen. Vielleicht ist das mit dem kosmischen Radio eine Scheißidee, weil es nicht funktionieren wird.«

»Es wird funktionieren.«

»Wird es nicht! Ich glaube, sie ist einfach weg! Tot und weg!«

Und wenn du wissen willst, warum YumYum meine beste Freundin ist, hier ist die Antwort: YumYum legt sich einfach neben mich, nimmt meine Hand und sagt ganz ruhig: »Das geht gar nicht, Toni. Sie kann gar nicht weg sein. Im Universum geht keine Energie verloren. Ist so. Ist ein Gesetz. *In einem abgeschlossenen System ist die Summe aller Energien konstant. Die Gesamtenergie bleibt erhalten.* Wikipedia.«

»Keine Ahnung, was das bedeutet.«

»Es bedeutet, dass deine Mama nicht einfach verschwunden sein KANN. Irgendwo, irgendwas MUSS sie noch sein. Selbst wenn man nicht an Märchen oder an Gott glaubt. Ist so. Ist Gesetz.«

»Totoro soll uns im Katzenbus abholen und zu Mama bringen.«

Meine Stimme ist aus Gummi, meine Stimme hat nur ganz kleine Füße und ganz kurze Beine, meine Stimme quietscht und ist gar nicht mehr meine Stimme. Die Stimme, die diese Worte sagt, ist vier Jahre alt und nicht zehn. Ich hasse diese Stimme.

»Ja, das wär schön.«

YumYums Stimme ist warm und weich und superklug und will, dass es mir besser geht, weiß aber nicht genau, wie sie es anstellen soll. Deshalb sind wir einfach nur still, liegen da in unsern Onesies auf dem Rücken, drücken Marshmallows und Chips mit unseren Pos platt und lassen die beginnende Nacht in unsere Augen rein. Verrückt, wie einfach alles weitergeht, als sei überhaupt nichts passiert. Wie alles einfach weitergeht, die Erde sich weiterdreht, Sonnenaufgänge, Sonnenuntergänge, Monde nehmen ab und wieder zu, es wird einfach so Sommer, ohne dass ich es anhalten könnte, dabei möchte ich die ganze Welt anhalten. Die Zeit anhalten. Die Sterne anhalten. Ich möchte, dass diese falsche Ohne-Mama-Welt stillsteht. Ich möchte, dass alles so lange stillsteht, bis sie wiederkommt und das Eis in meiner Brust taut und ich wieder irgendetwas richtig fühle. Bis ich sie nicht mehr vermisse. Ich möchte, dass sie nur auf einer sehr langen Reise ist und nach Hause kommt und meine Zimmertür aufmacht und sagt: »Toni-Peperoni! Ich hab dich so vermisst!«

TONIS NOTIZBUCH

Wie Mama und Papa mir eine Straße aus Leuchtsternen an die Decke geklebt haben, die von meinem Bett bis zur Toilette reicht. Damit ich nachts den Weg finde. Wie ich früher trotzdem immer in ihr Bett gekrochen kam, statt zurück in meins. Und dass die Sterne jetzt noch da sind. Sie aber nicht mehr.

NEUN (IMMER NOCH)

YumYum wippt mit den Füßen. Nie ist sie ganz ruhig, musst du wissen, irgendetwas von ihr ist immer in Bewegung. Und stehen die Füße endlich still, fangen die Augen an sich zu bewegen oder die Hände oder die Wimpern oder die Ellenbogen. YumYum ist ein Zitteraal, eine Unruhe in einem Uhrwerk, ein Kreisel, sie kann einfach nicht anders.

Dass sie jetzt gerade fast still neben mir liegt, kostet sie Unmengen an Kraft, glaube ich. Sie tastet schon zum zweiten Mal in der Onesiehosentasche nach ihrem Handy, aber das liegt drinnen auf unserem Esstisch, eigentlich weiß sie das ja auch. Ihre Mutter will zwar, dass sie ein Handy hat (ganz im Gegensatz zu mir und meinem Vater, der denkt, ich sei noch zu jung dazu, grummel), aber nur, damit sie erreichbar ist. Abends sammelt ihre Mutter es ein, und wenn YumYum hier schläft, muss das Telefon nachts auf dem Esstisch bleiben. Armes kleines Smartphönchen, so ganz alleine. Nimmst du YumYum das Telefon weg, fehlt ihr etwas. YumYum ist wie die kleine Raupe Nimmersatt, aber mit Information statt mit Birnen und Pflaumen. Sie braucht immer Wissensnachschub aus dem Internet, die Welt reicht ihr manchmal einfach nicht aus. Nie ist ihr Geist satt, immer hat sie noch eine Frage nach noch etwas, und das ergibt dann wieder neue Fragen. Sie macht jeden Tag unzählige Wikipediatrampelpfade ins Internet. Manchmal gucken wir Videos auf Youtube, und dann sagt sie, ich versaue ihr mit meinen Elefantenbabyvideos den Algorithmus (← voll das schwere Wort, muss jedes Mal googeln, wie man das schreibt). YumYum meint, dass sie deswegen dann nur noch Elefantenvideos vorgeschlagen bekommt. Aber mir voll egal, weil: Hast du mal gesehen, wie Babyelefanten versuchen, ihren Rüssel zu benutzen? Eigentlich fühlt sich mein Leben gerade genau so an: Ich bin ein Babyelefant und sollte meinen Rüssel benutzen, nur weiß ich nicht wie. Wie soll ich ohne Mama klarkommen? Ich habe doch noch gar keine Ohne-Mama-Muskeln, ich kann meinen Rüssel doch noch gar nicht bewegen.

Aus dem Wohnzimmer kannst du meinen Papa hören, wie er immer noch mit YumYums Mutter am Telefon kämpft. Er zählt ihr gerade auf, was wir heute Abend gegessen haben. Frage: Wie anstrengend können Erwachsene sein? Antwort: Ja.

»Erkennst du den Großen Wagen?« YumYum mal wieder: Weltraumexpertin.

Moment, erst mal Orientierung bekommen, wo bin ich, wo ist oben, sind ja noch nicht viele Sterne aufgegangen. Großer Wagen, warte, warte, hm, das da könnte er sein. Ich zeige:

»Der da?«

»Genau. Er gehört zum Sternenbild Ursa Major, der Großen Bärin.«

Woher weiß sie das denn jetzt schon wieder. Und wieso Bärin?

»Ich seh keine Bärin.«

»Ist auch schwer zu erkennen. Die Deichsel vom Wagen ist der Schwanz, und diese da sind die Füße, und das Spitze ist der Kopf.«

»Häh? Seh ich alles nicht. Auch keinen Wagen. Was ist eigentlich eine Deichsel?«

YumYum springt auf, endlich ein Grund, sich zu bewegen. Sie schreitet den Rasen ab und stampft bei jedem Stern mit dem rechten Bein auf.

»Hier Alkaid, Mizar, Alioth, die Deichsel. So 'n Aufhängedings am Wagen. Dann der Wagenkasten. Und hier wäre die Schnauze, und da unten die vier Kleinen wären die Bärentatzen.«

Mein Blick spielt Tennis: Immer zwischen Himmel und YumYums Schritten hin und her, aber ich hab keine Checkung.

»Erkenn ich trotzdem nicht, YumYum. Für mich ist der Sternenhimmel ein schwarzes Tuch mit kleinen Löchern drin. Und dahinter steht eine riesengroße Schreibtischlampe oder so … Snack?«

»Snack!«

Wir ziehen gleichzeitig unsere Onesie-Reißverschlüsse auf, ich angle mir eine Packung Chips, die geriffelten mit Paprika, und YumYum schnappt sich natürlich ein Päckchen YUMYUM mit Garnelengeschmack. Während sie es mit ihrer Spezialtechnik öffnet und dann erst mal schön auf die Packung einkloppt, große Nudelzertrümmerung, fängt sie mit einem ihrer Weltraumvorträge an.

»Kann ich mir ja alles auch gar nicht vorstellen, ich meine, hallo? Unendlichkeit? Versuch das mal!«

Ich versuche es. Klappt nicht. Mir tut das Gehirn weh.

»Bekommst du Gehirnknoten von.«

»Stimmt! Und Lichtjahre, das ist keine Zeit, musst du wissen, sondern die Entfernung, die Licht in einem Jahr zurücklegt! Genau 9,46 Billionen Kilometer. Ich meine, Bil-li-o-nen, weißt du, wie viele Nullen das sind? Zwölf oder so, megaviele Nullen jedenfalls.«

Ich versuche, die Zahl vor mir zu sehen, schaffe es aber nicht. Sechs Nullen bekomme ich hin, aber danach … Und ob nun neun, zwölf oder

siebzig Nullen ist eigentlich auch schon wieder egal, ich krieg's einfach nicht hin. Mach du das mal! Mach mal die Augen zu und stell dir eine Neun mit zwölf Nullen hintendran vor. Na? Schaffst du es? Schwer, oder?

Ich versuche mir vorzustellen, wie schnell Licht ist und wie weit es in einem Jahr reisen könnte, bekomme ich aber schon wieder Gehirnverrenkung von. Ich drücke einen Chips langsam mit der Zunge gegen meinen Gaumen. Sonst schaufele ich die Dinger eigentlich händeweise rein, aber dann machen sie so viele Geräusche beim Kauen, und dann kann ich nicht mehr hören, was YumYum sagt. Deshalb jetzt also einzelne Chips, feinedamemäßig, die ich fast lautlos mit der Zunge an meinem Gaumen zerdrücke. YumYum kippt die Gewürzmischung zu den zerkloppten Mie-Nudeln in die Packung und beginnt alles gut durchzuschütteln.

»Dann stell dir mal Galaxien vor, endlos viele Sterne im Strudel mit so Spiralensonnenkrakenarmen.«

Ich versuche mir unsere Galaxie als Kraken vorzustellen, und YumYum macht dazu mit ihren Armen ganz wobbelige Bewegungen.

»Oder Schwarze Löcher, die saugen alles, alles in sich rein. Sonnen, Planeten, Monde, Nebel, Kometen, alles.«

»Mein Bauch saugt auch alles in sich rein, der ist auch ein Schwarzes Loch«, sage ich, und YumYum lacht. Sie snackt die Nudelbrösel weg. »Zack, der Mond. Reingesaugt. Die Sonne. Schwupp. Reingesaugt. So ein Schwarzes Loch ist eine Art Weltraumstaubsauger, weißt du. Es saugt einfach alle Materie rein. Auch Antimaterie. Schon wieder so etwas. ANTI-MATERIE? Häh? Ich meine, was soll das denn bitte sein? Wie kann etwas *anti* Materie sein? Nicht da und doch da?«

»Vielleicht so wie meine Mutter? Nicht da? Und doch? Irgendwie?«

YumYum schaut nachdenklich. »Vielleicht ... Ja. Solche Sachen jedenfalls. Da bekommst du Denkmuskelkater von.«

»Gehirnschluckauf!«

»Komplett irre. Ich meine, stell dir mal vor, wir donnern mit einhundertsiebentausend Kilometern in der Stunde durch den Weltraum und merken es nicht mal.« YumYums Stimme klingt, als würde sie gleich durchdrehen, ganz fiepsig: »EINHUNDERTSIEBENTAUSEND KAH EM HAH!«

YumYum springt auf und düst durch den Garten, sie versucht Lichtgeschwindigkeit, was irre komisch aussieht, weil sie dabei die Augen aufreißt wie nur was, aber natürlich kann sie nur YumYum-Geschwindigkeit, was immerhin das Doppelte von mir ist.

TONIS NOTIZBUCH

Wie Mama und ich Papa nach Island auf eine Konferenz (irgendwas mit Gletschern, Bakterien und Erderwärmung) begleitet haben und unser ganzes Familiensparbuch für die Reise draufging. Aber ich wollte unbedingt echte Vulkane sehen, und wir fliegen doch sonst nie, wegen CO2 und Klima. Wie Mama und ich Papa weichbekommen haben und einen Freudenwobbel um den Esstisch getanzt haben. Wie ich zum ersten Mal in einem Flugzeug saß und den Fensterplatz haben durfte. Wie der Start gekribbelt hat in meinem Bauch. Wie meine Ohren geknackt haben. Wie es war, aus dem Flugzeugfenster zu schauen und diese schneebedeckte Landschaft unter mir glitzern zu sehen, dabei war doch schon April, aber so weit oben im Norden war es immer noch eiskalt, im Landesinneren lag Schnee. Wie ich nicht fassen konnte, wie hoch wir waren und wie schnell. Wie glücklich ich war. Wie der Vulkan Lava spuckte, und wir drei uns davor in den Armen hielten. So etwas hatten wir alle noch nie erlebt.

NEUN (IMMER, IMMER, IMMER NOCH)

Was ist die schnellste Geschwindigkeit, mit der du dich je bewegt hast? Warst du mal im ICE oder im Flugzeug? In einer Rakete? Oder hast du dich etwa schon mal gebeamt? Ich bin zweimal in meinem Leben geflogen: nach Island und wieder zurück. Das war meine schnellste Reisegeschwindigkeit. Aber dass wir die ganze Zeit mit einhundertsiebentausend Kilometern in der Stunde durch den Weltraum donnern und nichts davon merken, ist doch echt irre. Oder? Vielleicht ist das meine schnellste Reisegeschwindigkeit: Ich reise mit einhundertsiebentausend Kilometern in der Stunde auf der Erde durch das Universum. Die Erde ist mein Kosmostaxi, mein Mitfahrplanet quasi.

»Warum sind wir so schnell?«

»Keine Ahnung«, weiß YumYum auch nicht. Sie lässt sich ganz außer Atem neben mich auf den Rasen fallen.

»Vielleicht schiebt uns Totoro an«, fantasiere ich.

»Vielleicht ist irgendwo ein riesiger Magnet«, fantasiert YumYum.

»Aber wir sind doch nicht aus Metall.«

»Das Erdinnere schon.« ← YumYum mal wieder.

»Ich auch, guck, meine Hände werden von den Chips magnetisch angezogen. Und dann wollen die alle da rein, die können gar nicht anders, als ...«, und jetzt lange ich wirklich mit meinen ganzen Händen in die Tüte und stopfe mir den Mund voll, »... von meinem chipsnetischen Mund aufgegessen werden. Njomnjomnjom.«

»Meine YumYum-Anziehungskräfte sind galaktisch.« Sie schüttet sich das komplette YUMYUM-Päckchen rein und greift nach meiner Chipstüte. Ey!

»Mein Mund ist ein Schwarzes Loch und saugt deine Chips an. Festhalten.«

Weißt du, wie viele Mägen eine Kuh hat? Vier Stück! Labmagen, Blättermagen, Pansenmagen und Netzmagen. Das hatten wir gerade in der Schule. Warum ich mir ausgerechnet so was merken kann, aber am Sternenhimmel gerade mal den Großen Wagen erkenne, keine Ahnung. YumYum und ich haben jedenfalls auch vier Mägen: Erwachsenenessenmagen, der ist aber nicht besonders groß. Nachtischmagen, der ist sehr gut dehnbar. Den Snackmagen, der ist wie die Handtasche von Hermine Granger: außen klein, aber innen kannst du endlos viel unterbringen. Und natürlich den Pommesmagen. Der ist immer bereit. Du kannst mich nachts wecken und fragen: »Pommes?«, und mein Pommesmagen würde sagen: »Ja! Hier! Bitte! Ständig geöffnet, 24 Stunden am Tag, sieben Tage die Woche! Immer rein damit!«

In unserer Lieblingspommesbude arbeitet Kürsche, eigentlich Kirsche, aber sie spricht ihren Namen so aus wie mit ü. Und Kürsche heißt Kürsche, weil sie knallrote Haare hat, wie eine Kirsche eben. Kürsche macht die besten Pommes Spezial. Mit Röstzwiebeln. Mama mochte d–

»Der Boden ist Lava!«, kreischt YumYum.

Oar, das macht sie immer in den unpassendsten Augenblicken! Zeit wird wieder zum Gepard. Boden wird zu Lava. Ich kreische mit, YumYum springt auf, ich hinterher, wir rennen durch den Garten auf der Suche nach etwas, auf das wir springen könnten, damit wir den Boden nicht berühren müssen und in der heißen Lava verglühen. Aber der Sturm letzten Winter hat ja den Apfelbaum gefällt, da bleibt also nicht viel. Wir kreiseln ums Zelt, stolpern im Dunklen und finden nichts Hohes. Verdammt, gleich verglühen wir! Schließlich retten wir uns auf den Tisch auf der Terrasse, der aber unter unserem Gewicht ziemlich zu wackeln beginnt, weshalb ich wieder runtersteige, weil ich Angst habe, dass er unter uns zusammenkracht. Papa schiebt kurz den Vorhang zur Seite, immer noch am Telefon. Und macht seine Kann-ich-auch-nichts-für-Geste mit einem Arm. »LAVA!«, ruft YumYum, und ich trippele, so schnell ich kann, zum Magnolienbaum-Ast des Nachbarn, hüpfe hoch, versuche dranzukommen, schaffe es aber nicht. Plötzlich springt YumYum mich von hinten an und reißt mich zu Boden, wir rollen über den Rasen, sie versucht, immer oben zu bleiben, ich aber auch, weil der Boden ist ja Lava. Wir rollen und lachen. Irgendwann liegen wir erschöpft neben dem Zelt und gucken wieder Sterne.

»Wenn du vom Großen Wagen die beiden Sterne da am Wagenkasten verbindest und die dann fünfmal aneinanderlegst, kommst du zum Polarstern. Der bleibt immer an seiner Stelle und ist Teil des Kleinen Bären oder Kleinen Wagens. Siehst du?«

»YumYum! Woher weißt du das alles?«

»Google. Wikipedia. Bücher.«

»Nerd!«

»Schlimm?«

»Nein! Kompliment.«

»Da Großer Bär, und da Kleiner Bär.«

»Wie Mutter und Kind?«

»Vielleicht.«

Ich lasse die Bären in meine Augen rein, lasse den ganzen Nachthimmel in mich sinken, da überrollt mich eine Vermissungswelle, und ich weiß nicht, wie ich sie surfen soll. Mein innerer Elefantenrüssel schlenkert ganz ungelenk vor sich hin. Meine Ohne-Mama-Muskeln strengen sich richtig an, aber: Da ist ein Loch in der Welt, das genau Mamas Konturen hat. Es zieht ganz schlimm in meiner Brust, fast höre ich ihre Stimme, fast rieche ich sie, fast sehe ich sie vor mir. Fast meine ich, sie umarmt mich, und da glimmt ein kleines bisschen Hoffnung, dass YumYum recht hat und Mama nicht einfach weg sein kann, weil im Universum keine Energie verloren geht. Und ich höre mich flüstern: »Mama. Wenn es dich da draußen irgendwie noch gibt, als Bärin oder Schreibtischlampe oder was weiß ich, dann gib mir ein Zeichen! Bitte. Bitte. Bit...«

Hast du das gesehen! Hast du?! Nicht? Plötzlich rauschte diese gigantische Sternschnuppe über den Abendhimmel. Diese megagigantische Megagigaultra-Sternschnuppe. Die wunderschönste, beste, gigantischste, sternschnuppigste Sternschnuppe, die ich jemals gesehen habe. Grünblau glühender Klumpen vorne mit ul-tra-lan-gem Schweif. Ganz langsam zog sie in großem Bogen über den ganzen Himmel und verglühte spektakulärstens. Das kannst du dir nicht vorstellen, wie schön das war. Mir steht immer noch der Mund offen. Ein Zeichen! Von Mama! Ein Zeichen!

Ich greife nach YumYums Hand.

»Wow.«

»Ja.«

»WOW!« Ich krieg mich nicht mehr ein.

»Siehst du?«

»Wie schön war das denn?«

»Auf einer Skala von eins bis zehn ...«

»Eintausend.«

»Hoch tausend.«

»Meine Mutter ist eine Sternschnuppe?«

»Deine Mutter ist vielleicht einfach Energie geworden?«

»Vielleicht fliegt sie da oben mit Totoro rum. Könnte doch sein.«

»Ja.«

»Hol die Radioteile raus!« ← Kommando *Kontaktaufnahme mit Mama.*

YumYum und ich wollen zum Zelt sprinten, aber genau da öffnet Papa die Terrassentür. Und, och nö, er kommt auch noch raus. Ganz vergessen, der ist ja auch noch da. YumYum schnappt sich unauffällig die halb volle Chipstüte vom Rasen und stopft sie sich in den Onesie: Kommando Spurensicherung. Papa hält sich die Hand über die Augen, von wegen: Wo seid ihr denn, ich seh nix. Er pendelt zu uns rüber, muss vielleicht den Wein ausbalancieren. Oder er hat Kreislauf. Oder er sieht nicht richtig, weil es schon so dunkel ist und er von drinnen rauskommt. Oder alles zusammen. Und dann sagt er in diesem Tonfall, der bedeutet: *Toni, ich muss das jetzt sagen, hab da aber auch null Bock drauf, aber leider muss es sein:* »So ihr beiden, jetzt wird geschlafen.«

Damit er nicht misstrauisch wird, weil natürlich wollen wir, dass er schnell wieder reingeht, damit wir danach in Ruhe das Radio zusammenbauen können, und am schnellsten ginge das, wenn wir einfach machen würden, was er sagt, aber dann wäre er sofort stutzig, weil ich eigentlich immer widerspreche beim Schlafengehen, fahre ich zur Tarnung meine Hörner raus (← längster Satz der Welt, aber du hast es jetzt geschafft):

»Oar, Pa-pa!«

»Was *oar Papa*?«

»Nur noch ein bisschen!« Tonfall auf Betteln gestellt.

»Es ist schon spät. Es ist schon dunkel.«

»Aber es ist doch Wo-chen-en-de.« YumYum hilft mit.

»Wir haben gerade voll die schöne Sternschnuppe gesehen, die schönste, die es je gab, Papa! Ich hab an Mama gedacht und dass sie mir ein Zeichen geben soll und dann, wuuuuusch, von da bis da …« Ich zeige es am Himmel.

»Mit grünblauer Kugel vorne und soooo 'nem Schweif!« YumYum macht mit und gibt alles.

»Das ist schön«, sagt Papa und versucht, nicht traurig zu klingen.

»Meinst du wirklich, dass Mama im Himmel ist?«

»Ja, das glaube ich ganz fest. Und sie sieht euch jetzt von oben dabei zu, wie ihr ins Zelt krabbelt und schlaft.«

Papa macht den Zeltreißverschluss auf, wir werden kurz zu Eisblöcken. Aber: Zum Glück guckt er nicht rein (weil da liegen ja die SNACKS und der RUCKSACK mit dem Gerät und alles), sondern macht nur eine große Bewegung mit dem Arm, wie ein Zirkusdirektor.

»Hereinspaziert.«

»Menno.« ← Mein berühmtes Maulen klingt aber gerade ein bisschen erleichtert.

»Wussten Sie, dass wir mit einhundertsiebentausend km/h durch den Weltraum donnern?«, fragt YumYum.

»Nein. Ihr donnert jetzt mit einhundertsiebentausend km/h in eure Schlafsäcke.«

»Kennen Sie die Große Bärin?«

»Nein. Und jetzt schlaft gut.«

»Und die Kleine Bärin?«, frage ich.

»Du bist meine kleine Bärin.«

»Und Mama die große?«

Papa drückt mich und gibt mir einen Kuss auf den Kopf.

»Wussten Sie, dass Neil Armstrong der erste Mensch auf dem Mond war?«

»Ja, das wusste ich. Und nun ab ins Zelt. Ihr seid die ersten Astronautinnen im Zelt mit dem intergalaktischen Namen *Phantom 3000*.«

YumYum und ich krabbeln rein in unsere intergalaktische Kapsel, machen unsere Taschenlampen an und werden in unseren Kokon-Schlafsäcken zu Raupen. (Aber: Satt sind wir noch lange nicht.)

»Braucht ihr noch etwas?«, fragt Papa. Wir stecken unsere Köpfe raus.

»Nee.«

»Soll ich euch noch einen Abendtee machen?«

»Nein danke.« ← YumYum voll höflich.

Ich innerlich: Abendtee ← ürgh ☹

»Ich bringe euch noch eine Flasche Wasser. Gib mir mal deine Taschenlampe, Toni.«

Abendtee? Wasser? Hallo? Wir haben hier eine 1,5-Literflasche Limo am Start. Weiß Papa natürlich nichts von, aber wir planen ja noch den großen Rülpswettbewerb nachher. Und dafür brauchst du natürlich Kohlensäure. Und die ist nicht im Abendtee und nicht im Leitungswasser. Hast du schon mal so viel Limo getrunken, dass sie dir aus der Nase wieder rausgesprudelt ist? Das zwickelt in den Kopf bis zwischen die Augen. Jajaja, ich weiß Mwwoppmwooppwopp Zuckernichtgesund mwoppmwopp Kariusundbaktus … wopp mwopp. ABER: Leider geil.

Papa kommt mit einer Flasche Wasser zurück, ich schiebe sie sofort ans Fußende.

»Ich lasse die Terrassentür nur rangezogen, falls ihr auf die Toilette müsst. Morgen frühstücken wir im Garten.«

YumYum rappelt sich plötzlich in Panik noch mal aus dem Schlafsack.

»Alles okay?«, frage ich.

»Klo!«, sagt sie, schon ist sie aus dem Zelt raus und läuft zur Terrassentür, ihre Taschenlampenspur zickzackt durch den Garten.

YumYum hat manchmal richtige Pipipanik. Die kommt ohne Vorwarnung.

»Huch«, meint Papa. Und zu mir: »Musst du auch noch mal?«

»Nee.«

Papa streichelt meine Haare. Ich mache die Augen zu und stelle mir vor, dass es Mama ist. Klappt aber nicht, weil Papa eben streichelt wie Papa und nicht wie Mama. Ich schäme mich für meine Gedanken und dass ich ihn austauschen wollte.

»Von da bis da, sagst du?« Papa zeigt einmal über den ganzen Nachthimmel und meint die Sternschnuppe.

»Ja.«

»Sie fehlt mir auch«, sagt er.

»Ich weiß.«

Und dann gucken wir einfach Sterne, weil: Wenn wir noch mehr sagen würden, müssten wir weinen, und weil wir das beide wissen, ist es okay, einfach still zu sein. Wenn das stimmt, dass Mama jetzt im Himmel ist, dann habe ich aber ein paar Fragen. Die nagen sich genau jetzt durch die Stille durch.

»Papa?«

»Ja.«

»Wenn das stimmt … und Mama wirklich im Himmel ist … dann …«

»Ja?«

»Sieht Mama im Himmel dann so aus, wie sie aussah, als sie gestorben ist? Oder so, wie sie vorher war?«

»Da fragst du was … Also, hm … Weiß ich nicht. Gesund, würde ich sagen?« Er ist verlegen. In mir rattert es, weil die Nummer mit *im Himmel* geht irgendwie nicht auf.

YumYum kommt wieder, sie leuchtet sich ihren Weg zu uns, und erst jetzt fällt mir auf, dass es schon richtig dunkel ist. Sie schlüpft wieder ins Zelt und in den Schlafsack.

»Tschuldigung«, sagt sie.

»Häh? Musst dich doch nicht entschuldigen.«

»Wenn die Natur ruft, ruft die Natur«, meint Papa.

YumYum und ich lachen. Frage: Wie peinlich kann ein Vater sein? Antwort: Ja!

»Papa!?! Wenn die NATUR RUFT? Peinlich!«

»Ja, gut, der war schlecht.«

»Richtig schlecht!«

»Okay. Dann. Gute Nacht.«

»Gute Nacht, Papa.«

»Schlaft gut. Macht gleich die Taschenlampen aus.«

»Machen wir.«

»Gute Nacht.«

»Jaha. Gute Nahacht.« ← YumYum und ich total synchron.

»Der Himmel läuft euch nicht weg. Er ist morgen auch noch da.«

Wir machen den Reißverschluss zu und die Taschenlampen aus. Papa stolpert über eine Zeltleine und flucht leise, wir kichern und lauschen. Wir hören die Terrassentür. Wir hören, wie drinnen wieder Musik vom Plattenspieler angeht. Wir warten noch einen klitzekleinen Moment, dann: Taschenlampen wieder an, Reißverschluss wieder auf, Köpfe raus, die Luft ist rein. Wir krabbeln aus dem Zelt. Mission *Kontaktaufnahme* kann beginnen. YumYum holt den Rucksack, ich suche nach den restlichen Bauteilen und zerre die Schlafsäcke hinter das Phantom 3000, damit Papa uns nicht sofort sehen kann.

TONIS NOTIZBUCH

Nachtwanderung mit Mama und YumYum letzten Sommer durch den Wald am See. Wie sie sich die Taschenlampe von unten ans Kinn gehalten hat und ihre Nase einen gruseligen Schatten auf ihr Gesicht geworfen hat. Wie Papa mit Bettlaken überm Kopf als Gespenst hinter einem Baum hervorgesprungen ist und ich mich fast eingepullert hätte. Voll peinlich. Wie wir danach noch ein Lagerfeuer gemacht und Marshmallows auf einem Stock geröstet haben. Es war einmal, da war die Schwerkraft noch nicht so schwer. Da war unser Lachen noch ohne das Summen zwischen den Atomen.

ACHT

YumYum leuchtet mich an. »Totoroni, bist du da? Jemand zu Hause? Du guckst so komisch?« Ich halte mir die Taschenlampe ans Kinn, leuchte mein Gesicht von unten an.

»Weißt du noch, die Nachtwanderung?«, fragt YumYum.

»Musste ich auch gerade dran denken.«

YumYum legt die Radioteile vorsichtig auf ihrem Schlafsack aus, während ich noch einmal nach Papa spähe. Er sitzt drinnen im Wohnzimmer auf seinem Sessel, hört Musik und trinkt Wein.

Ich gucke in den Nachthimmel, vielleicht schickt Mama ja noch eine Schnuppe. Es sind jetzt viel mehr Sterne am Himmel zu sehen. Da funken wir gleich hoch mit unserem kosmischen Radio, Toni-Peperoni an Mama, kannst du mich hören? Ich hab dir so viel zu erzählen.

Was ein kosmisches Radio ist, willst du wissen? Das heißt wirklich so! Die Idee hatte YumYum. Sie meinte, als sie durch Zufall die Bauanleitung im Internet gefunden hatte: Totoroni! Ich hab's! Wir bauen ein

Radio und schicken deiner Mama im Himmel eine Nachricht! Und ich war natürlich gleich begeistert, weil: Es gibt so viel, so viel, was Mama jeden Tag verpasst, seit sie tot ist. Jeden Tag passieren Sachen, die ich ihr unbedingt erzählen muss. In mir ist schon ein ganzer Nachrichtenstau, weil ich nicht weiß, wohin damit. Deswegen erzähle ich dir das ja auch alles hier.

Die Bauanleitung fürs Radio hat YumYum von einer Seite im Internet, die so Technikprogramme für Mädchen anbietet. Die arbeiten auch mit der NASA zusammen. Da lernst du zu löten, zu schrauben und so Sachen. Alles wird in Videos genau erklärt. Wir haben nach deren Anleitung auch in der Schule schon ein paar Sachen zusammengebaut. Kleine Miniroboter zum Beispiel. Megacool einfach, wenn es dann funktioniert. Megascheiße einfach, wenn nicht. Die meisten Bauteile für das Radio haben wir dann im Internet bestellt und Papa gesagt, es sei für die Schule. Hat er dann bezahlt. Kleine Notlüge.

Lügen finde ich eigentlich blöd, wenn du mal damit angefangen hast, verhedderst du dich leicht darin, und die Wahrheit kommt ja doch irgendwann raus. Ist meine Meinung. Es gibt aber Momente, da muss ich ein bisschen lügen, damit es der anderen Person nicht so schlecht geht oder damit nicht so blöde Fragen kommen, die alles nur noch schlimmer machen. Kennst du das? Notlügen?

TONIS NOTIZBUCH

Notlügen dieses Jahr:

- Mama sagen, ich hätte noch nichts Süßes gegessen, obwohl in
- meinem Snackmagen schon zwei Schokoriegel Urlaub machen, um dann mit ihr ein Eis zu essen. (Der Nachtischmagen so: Immer hereinspaziert.)
- Sagen, ich hätte keine Hausaufgaben auf, damit ich schneller zu Mama ins Krankenhaus kann.
- Oma und Opa schreiben, dass ich mich über ihr Geburtstagsgeschenk freue, dabei passt der selbst gestrickte Pullover gar nicht, er ist riesig und kratzt wie Hölle, und die Farben: Pink und Lila, ürgh, na ja ...
- Sagen, dass es lecker schmeckt, als YumYums Mutter für uns gekocht hat. (Mein Erwachsenenmagen aber so: Leider geschlossen.)
- Auf dem Pausenhof der besorgten Lehrerin sagen, dass es mir gut geht, damit sie nicht mehr so traurig guckt und ihre Hand endlich von meiner Schulter nimmt.
- YumYum absagen, mit ihr zum Fußballtraining zu gehen, weil ich krank bin. Dabei bin ich nicht krank, sondern will einfach lieber mit Mama im Bett liegen, obwohl ich Fußball liebe.
- Und eben die Sache mit dem kosmischen Radio, das das angeblich für die Schule wäre, damit Papa alles bezahlt.

ACHT (IMMER NOCH)

YumYum leuchtet auf den ausgedruckten, aber sehr zerknitterten Bauplan und meint, ich soll die Taschenlampe halten, damit sie beide Hände frei hat. Wir sind gut vorbereitet, wie richtige Astronautinnen auf Mission: Die kleinen feinen Sachen haben wir alle schon gelötet und geschraubt, jetzt müssen nur noch die Teile ineinandergesteckt, verkabelt und mit der Grundplatte und dem Batterieblock verbunden werden.

Ich bin besser mit dem Fußball, und YumYum ist besser mit solchen Sachen. »Wusstest du, dass der Jupiter 95 Monde hat?«, fragt YumYum.

Wir spielen also unser Wusstest-du-dass-Spiel.

»Da ist der Himmel aber ganz schön voll.«

»Stell dir das mal vor!«

Bei dem Spiel geht es nicht darum, wirklich zu fragen, ob die andere das schon wusste, es geht darum, möglichst gutes Spezialwissen zu zeigen, etwas, was die andere eben genau nicht weiß. Ich bin dran.

»Wusstest du, dass die Milchstraße auf Englisch *Milky Way* heißt?«

Eigentlich warten wir nicht mal die Antwort ab.

»Wusstest du, dass Mars der vierte Planet in unserem Sonnensystem ist?«

»Wusstest du, dass die Erde nicht ganz genau rund ist?«

»Wusstest du, dass es Leute gibt, die glauben, die Erde sei eine Scheibe?« Jetzt veräppelt sie mich.

»Häh? Wie kann die Erde eine Scheibe sein?«

»Das glauben die. Und die glauben auch, dass es eine Kuppel gibt, wo dann die Sterne so rangebeamt werden.«

»Aber die Erde ist doch eine Kugel, das weiß man doch, das ist doch bewiesen. Es gibt doch Bilder aus dem Weltraum, auf denen man das sehen kann. Wie können die das glauben?«

»Keine Ahnung. Vielleicht ist das so wie mit Religion. Flat Earther.«

»Flätörßer?«

»Ja, so heißen die. Die denken, in der Mitte der Scheibe ist ein Klumpen Erde, da eine Stange, an der hängen Mond und Sonne, die drehen sich so, und oben drüber so die Kuppel.« YumYum malt alles mit den Händen in die Luft. Ich kann nicht mehr.

»Hahaha. Das denkst du dir aus!«

»Nein, die gibt es wirklich. Google doch nach. Kannst du das hier mal kurz halten?«

»Klar.«

Während ich ein Radiobauteil gegen die Grundplatte halte, steckt YumYum eine Schraube durch und schraubt eine Mutter drauf. Warum heißt das Mutter?

»Wusstest du, dass die Erde schief im Weltraum hängt?«, fragt sie. Ja, wusste ich, deswegen haben wir ja auch unterschiedliche Jahreszeiten.

»Wusstest du, dass Buzz Aldrin der zweite Mann auf dem Mond war?«

»Wusstest du, dass unser Mond aus einem Weltraum-Verkehrsunfall entstanden ist?« YumYum reißt die Augen auf und will eine Antwort.

»Wusstest du, dass Vögel die letzten Dinosaurier sind?« Das kam neulich in einer Doku, die ich mit Papa geguckt hab. Er ist nach fünf

Minuten neben mir auf dem Sofa eingepennt. Hab ihn schön schlafen lassen, bis die Doku vorbei war. Und dann so: Huch, schon so spät, gar nicht gemerkt.

»Ein riesiger Klumpen hat der Erde die Vorfahrt genommen und BÄM.« YumYum spielt den Weltraum-Verkehrsunfall mit den Händen nach. »Und aus dem Rest, klump klump klump, ist dann der Mond ...«

»War eigentlich auch schon mal eine Frau auf dem Mond?«

»Keine Ahnung, glaub nicht. Steck du mal die beiden Teile auf deiner Seite zusammen. Warte, ich halte die Taschenlampe.«

»Wusstest du, dass der Mond die Meere bewegt? Er macht Ebbe und Flut.«

»Wusstest du, dass die Sonne 4,5 Milliarden Jahre alt ist? Steinalt!«

»Wusstest du, dass Mama am Meer versteinerte Seeigel gesammelt hat?«

»Nein.«

»Siebenunddreißig Stück hat sie gefunden. Kommt das hier rein?«

»Ja. Warte, vorsichtig, genau. Und jetzt den Stecker da rein.«

»Siebenunddreißig Stück. So alt ist sie geworden.«

»Zufall.«

»Meinst du?«

»Klar.«

»Ich werd trotzdem nie versteinerte Seeigel sammeln. Nachher finde ich nur fünfzehn.«

»Oder zweihundert.«

»Oder viereinhalb Milliarden. Meinst du, Mama kann mich noch sehen?«

Wir gucken beide in den Nachthimmel.

»Keine Ahnung. Aber vielleicht kann sie uns hören.«

TONIS NOTIZBUCH

Wie Mama Lakritzschnecken gegessen hat: Schnecke vorsichtig ausrollen. Wirklich vorsichtig, damit sie nicht reißt. Da musst du deine innere Naschkatze bändigen, deinen Sabber bändigen, das Gefühl bändigen, das dir sagt, ABBEISSEN, ABER DALLI, AAAAABBBEISSEN, ABER SOFORT! Dann den abgerollten Streifen nochmals in der Mitte teilen und die Streifen vorsichtig voneinander trennen. Immer noch Naschkatze bändigen. Die beiden dünnen Lakritzschnüre dann am Ende zusammenknoten, damit eine sehr lange Schnur entsteht. Dann brauchst du noch eine andere Person: Ihr beide steckt euch je ein Ende in den Mund und dann, Naschkatze loslassen, nascht ihr euch aufeinander zu.

ACHT (JAJA, IMMER NOCH)

YumYum fummelt noch an der Antenne, die wir aus einem alten Regenschirmskelett gemacht haben. (Und zwei Bügeln von Papas Hemden, die aus der Reinigung kamen, so dünne Drahtbügel.)

Unser kosmisches Radio sieht einfach komplett irre aus, wie ein Gerät, das zu gar nichts gut ist, außer schräg auszusehen mit seiner verknitterten Antenne und unseren miteingebauten alten Walkie-Talkies. Irgendwie habe ich Mitleid mit dem kosmischen Radio. Es sieht auf jeden Fall nicht so aus, als würde es funktionieren. Als käme da garantiert keine einzige Funkwelle raus, die weiter reicht als bis zum Magnolienbaum des Nachbarn. YumYum grinst übers ganze Gesicht, ist monstermotiviert, und irgendwie ist es sowieso mehr ihr Radio als meins, obwohl es ja meine Mama ist, die wir erreichen wollen.

Eigentlich glaube ich nicht dran, dass es funktionieren könnte, leider. Wenn ich ehrlich bin, habe ich sogar Angst davor, dass es nicht funktioniert. Weil ich doch eine sehr schlechte Verliererin bin. Seit Wochen reden wir von nichts anderem, und jetzt ist der Moment da. Solange wir es nicht probieren, besteht die Möglichkeit, dass es klappen könnte. Wenn wir es probieren und es funktioniert nicht, dann ist auch diese Möglichkeit gestorben. Genau wie Mama. Verstehst du das? Hoffnung ist nämlich ein so schöner Trost.

Andererseits: Wenn wir es nicht probieren, wird es auch nicht funktionieren, weil wir es nie probiert haben. Also probieren wir es natürlich. Äh. Willkommen in meinem Kopf. »Fertig«, sagt YumYum.

TONIS NOTIZBUCH

Wie Mama YumYum und mir ein Dosentelefon gebaut hat. Da waren wir fünf Jahre alt und wohnten im Hochhaus, in dem YumYum immer noch wohnt. Wir wohnten alle im selben Stockwerk (im neunten), aber zwischen uns war noch eine andere Wohnung, zwischen unsren Balkonen war noch ein anderer Balkon. Da wohnte Herr MüllerMeier-Schmidt, vergessen, wie der hieß, weil wir den immer nur »die Pfeife« nannten, weil er immer (Wut-Emoji) seine Pfeife auf dem Balkon geraucht hat. Der war nie arbeiten, nie nicht da. Der rauchte immer, immer, immer Pfeife auf dem Balkon.

Damit YumYum und ich miteinander sprechen konnten, hatte Mama in zwei leere Konservendosen (»Kichererbsen für die beiden Kichererbsen!« ← Zitat Mama) Löcher gemacht und beide Dosen mit einer langen Schnur verbunden.

Wie sie gesagt hat, dass die Schnur ganz stramm sein muss, und wie wir dann in die Dose flüstern konnten und YumYum uns trotzdem gehört hat, zwei Balkone weiter. Wie *die Pfeife* die Schnur zerschnitten hat, mitten in einem Geheimgespräch von YumYum und mir, und sagte: »So. Jetzt ist Schluss mit lustig.« Danach hat Papa uns die Walkie-Talkies geschenkt. Neun Kilometer Reichweite!!!

SIEBEN

»Bist du bereit?«, fragt YumYum. Sie ist ganz aufgeregt. Na ja. Gut. Ich auch. Wahnsinnig aufgeregt, aber am allermeisten deswegen, weil ich eben Angst habe, dass es nicht klappt. Weil dann, dann ist ja auch meine Hoffnung weg, nicht nur meine Mama. Aber wie gesagt, wenn wir es gar nicht probieren, passiert ja auch nichts. Also atme ich tief durch.

»Kann losgehen.«

Plötzlich hören wir die Terrassentür aufgehen! Oh nein! Schnell die Taschenlampen zuhalten! Nicht bewegen! Nicht atmen! Wir sind ganz Ohren, wir lauschen, wir wittern jede Bewegung, hören jedes Haar wachsen, so gespannt sind wir. Aber Papa macht die Tür wieder zu, hat wohl nichts gesehen und gehört und ist wieder drinnen.

Ich flüstere: »Wir warten noch kurz, oder?«

YumYum flüstert: »Oke.«

Wir schalten die Taschenlampen ganz aus, und ich robbe auf dem Bauch flach überm Rasen hinterm Zelt hervor. Papa zieht gerade den Vorhang wieder zu, dann macht er sich die Platte wieder von vorne an.

Ich glaube, die Luft ist rein. Es kann losgehen. Mission Kontaktaufnahme kann beginnen. Ich robbe zurück und mache beide Daumen hoch. YumYum macht ihre Taschenlampe wieder an und fragt, ob *ich* das kosmische Radio einschalten möchte.

»Ja.«

Ich lege den ON/OFF-Schalter um, die kleine Kontrolllampe leuchtet rot. Das funktioniert schon mal. Wir grinsen.

»Sag was. Da vorne rein.«

»Hier, ins Walkie-Talkie?«

»Genau. Und dabei die Taste gedrückt halten.«

»Weiß ich doch.« Hallo? YumYum und ich haben eine Zeit lang jeden Tag endlos viel miteinander gefunkt. Immer bis die Akkus leer waren. Jeden Kleinkram haben wir uns erzählt, über den Kopf von Pfeife hinweg. Wir lagen in unseren Betten und haben uns morgens noch vor der Schule unsere Träume erzählt. Beim Mittagessen, was auf unseren Tellern lag. Im Wald, obwohl wir nur zehn Meter hintereinandergingen. Von vor dem Eisladen in den Eisladen. Vom Bus ins Hochhaus. Vom Hochhaus in unsere neue Wohnung. Als Mama krank wurde, haben wir irgendwie schleichend damit aufgehört. Es gab bei mir nicht so viel Gutes zu erzählen, und irgendwann bin ich immer stiller geworden. Und natürlich weiß ich noch, welche Taste ich drücken muss.

Ich schließe kurz meine Augen, stelle mir Mama vor. Dann drücke ich die Taste.

»Hallo, Mama. Kannst du mich hören?«

Aus dem Walkie-Talkie kommen Krchk-Geräusche.

»Mama, danke für die Sternschnuppe, sie war wunderschönstestens.«

Krchk-Geräusche.

»Mama, sag doch etwas.«

Krchk-Geräusche.

»Mama, bitte mach mal Piep. Ich bin's, Toni. Toni-Peperoni.«

Krchk-Geräusche.

Und auf einmal verlässt mich die Hoffnung.

»Mama?« Das klang jetzt echt enttäuscht.

»Mach weiter!«, sagt YumYum, also mache ich weiter.

»Mama. Kannst du mich hören? ... Papa vermisst dich auch ganz schlimm. Er trinkt ganz viel Wein, um seine Traurigkeit wegzuspülen. Klappt aber nicht. Er weint jeden Tag. Auch wenn er denkt, ich merke es nicht. Aber immer, wenn er vom Klo kommt, hat er ganz verquollene Augen.«

Krchk-Geräusche.

»Du fehlst die ganze Zeit. Morgens fehlst du. Mittags auch und abends. Und in allen Augenblicken dazwischen. Jetzt zum Beispiel fehlst du sehr.«

Krchk-Geräusche.

»Am Frühstückstisch und im Garten. Im Wald und im Badezimmer. Du fehlst in meinen Träumen und meinen Gefühlen. Kannst du bitte das Eis, das in meiner Brust wächst, jetzt mit deiner Stimme schmelzen? So wie vorhin mit der Sternschnuppe?«

Krchk-Geräusche.

»Mama, bitte sag doch etwas.« Jetzt klinge ich wieder wie eine weinerliche Vierjährige.

»Dreh mal an dem Rädchen«, schlägt YumYum vor.

»An diesem?«

»Ja, vielleicht 'ne andere Frequenz?«

Krchk-Geräusche. YumYum macht irgendwas an unserem irren Radio rum. Dreht am Rädchen. Steckt was um. Sucht 'ne neue Frequenz.

»Mama. Wenn es dich noch gibt, als irgendwas, als Bärin oder Sternschnuppe, dann mach Piep, bitte ... Bitte ... Mama?«

Schon wieder nur diese krisseligen Krchk-Geräusche, aber keine Antwort von Mama. Ich krieg die Wut, ich merke, wie mein Bauch heiß wird und mein Hals ganz eng. Am liebsten möchte ich etwas kaputt machen, um nicht loszuweinen. Ich hab's ja gewusst, ich sage es doch schon die ganze Zeit, dass es nicht funktionieren wird, weil Mama nämlich einfach tot und weg ist. Und das mit der Sternschnuppe vorhin war einfach nur ein blöder Zufall. Meine Enttäuschung ist so hoch wie der Mount Everest. So tief wie der Marianengraben.

»Siehst du, es funktioniert nicht!«

»Ja, scheiße«, sagt YumYum enttäuscht, »dreh noch mal zurück.«

Und an ihrer Stimme erkenne ich, wie sehr sie daran geglaubt hat, dass es funktionieren würde. Ich drehe mutlos noch mal am Rädchen, um die Frequenz zu ändern, ganz langsam ... Ich denke daran, was ich gleich kaputt machen kann oder welche Snacks ich mir gleich zum Trost reinzi– Häh? Waswaswas? Da! Da ist doch was, ganz krisselig kommt es aus dem Radio:

»*Delta November Zero Romeo Victor, do you copy?*«

Dann wieder dieses knacksende Rauschen.

»Da ist was! Hörst du?«

»Pscht.« YumYum greift meinen Arm.

»*This is Delta Pap ... ero ... India Sierra Sier...*«

»Hörst du?« YumYums Stimme quietscht vor Freude. »OMG!«

YumYum glaubt nicht an Gott, und statt *oh my god* oder *oh mein Gott* sagt sie deswegen immer *Oh my Gravity*. Gravity ist Englisch und heißt

Schwerkraft. Und wenn YumYum OMG sagt, meint sie die Schwerkraft und nicht Gott.

»Mama, bist du das?«

Ich drehe durch, mein Herz klopft bis zum Jupiter, es klappt, es klappt, wir empfangen mit unserem irren Gerät, wir empfangen eine Stimme aus dem Himmel. Da schon wieder:

»*Do you Copy? This is Delta Papa Zero India Sierra Sierra. Over.*«

»Mama!?«, frage ich vorsichtig.

»Es klappt! Es klappt! Es klappt!«

»OMG!«

YumYum kneift mich so hart, dass morgen bestimmt mein ganzer Arm blau ist, wetten.

Und aus dem Radio: »*Nein ... Ich ... Häh?*«

YumYum schnappt sich auch ein Walkie-Talkie.

»Wih kopih!«

»*Ich bin Zanna. Over.*«

Ich frage: »Welche Zanna Ower?«

»*Hahaha. Over wie over and out. Ich heiße Suzanna, ihr könnt einfach Zanna sagen. Over.*«

»Bist du im Himmel?«

»*Äh. Ja. Sozusagen. Over.*«

»Bist du auch tot?«

»Ower«, fügt YumYum noch hinzu. Sie ist einfach Vollprofi beim Funken.

»*Nein, ganz und gar nicht ... Ich bin Astronautin. Over.*«

Bitte was?! Eine ASTRONAUTIN? Eine echte Astronautin?

»Was!? WOW!« ← YumYum und ich gleichzeitig.

»*Und wer seid ihr? Over.*«

»Wir sind YumYum.«

»Und Toni.«

»Ower.«

»Was macht ihr auf dieser Frequenz? Over.«

»Wir suchen meine Mama. Wo bist du?«

»Hier oben. Im Weltraum, auf der ISS. Over.«

»Auf der Internationalen Raumstation?« YumYum ist kurz vorm richtig Ausflippen, so fiepsig wird ihre Stimme gerade am Ende jedes Satzes, den sie sagt.

»Genau.«

»Scheiße, echt jetzt!?« Sie kriegt sich nicht mehr ein. »Im Weltraum! Wahnsinn!«

»Ja. Und wo seid ihr?«

»Hier!« ← Frage: Wie bescheuert kann meine Antwort sein? Antwort: Ja.

»Hier unten auf der Erde!«

Zanna lacht.

»Auf der Erde also.«

Ich hoffe, dass du mir das glaubst, was hier gerade passiert, YumYum und ich mit unsrem FUNKTIONIERENDEN kosmischen Radio, und dass uns da eine echte Astronautin antwortet, die Zanna Owerandout heißt.

»Zanna, hast du meine Mutter da oben irgendwo gesehen?«

»Wie sieht sie denn aus?«

»Tot. Tot sieht sie aus. Ganz dünn. Der Krebs hat sie aufgefressen.«

Auf einmal wieder diese Krchk-Geräusche.

»Das … Das tut mir sehr leid.«

Krchk.

»Sie sagen, dass Mama jetzt im Himmel ist.«

Jetzt knistert und knackt es fast durchgehend aus unserem Radio.

»Zanna?!«

»*... Deine ...utter. Uns... Verbindung ...ird gleich abreiß..., ... düse mit achtundzwanzigtausend Kilome... in der Stunde ...ber euch weg ... in achtzig Minuten bin ...ch ...der da. Gleiche Frequen... over and out.*«

»Nein!« ← Wir wieder: Zwillingsnein.

»Zanna? Nicht weggehen! Hallo? Zanna? ZANNA?«, versuche ich noch, aber nichts, keine Antwort mehr, nicht mal mehr ein Knacken oder ein Krchk-Geräusch schenkt uns das kosmische Radio.

»Nicht traurig sein. Sie kommt ja wieder. In achtzig Minuten. Hat sie doch gesagt.« ← YumYum hat ihre Troststimme eingeschaltet. Wahnsinn. Wir haben mit einer Astronautin gesprochen, mit Zanna, die über uns durch den Weltraum saust. Wir lassen die Walkie-Talkies sinken und gucken zu den Sternen, gucken zur Raumstation, gucken zu Zanna und zu Mama hoch.

Und dann flippen wir komplett aus, winken wie irre, rufen wie irre.

»Haaaaallllloooooo!!!!! Zaaaannnnnnnaaaaa!!«

Plötzlich geht die Balkontür auf, scheiße, meinen Vater haben wir komplett vergessen. Er hat die zweithöchste Wutausbruchstufe an:

»Seid ihr wahnsinnig, so rumzubrüllen!«, brüllt Papa von der Terrasse.

Und wir springen natürlich hinterm Zelt vor und haben voll Schiss, dass Papa unser Gerät sieht und dann der Ärger erst richtig losgeht. YumYum checkt das auch sofort, also schalten wir ganz schnell auf unterwürfig. Wir sind zwei kleine Welpen, ganz unschuldig und haben gaaaanz große Augen, siehst du, Papa, wie große, treue und unschuldige Augen ich hab?

»Tschuldigung«, winsele ich.

»Tut uns leid«, fiept YumYum.

»Warum schlaft ihr noch nicht!?«

Papa versucht immer noch die Taschenlampenfunktion auf seinem Handy zu finden. Er wischt hektisch übers Glas und tippt, und ich glaube, er kann uns gar nicht richtig sehen, weil er vom Hellen ins Dunkle gekommen ist.

»Wollten wir gerade, Papa. Würklich.« ← Schöne Grüße an Kürsche.

»Was macht ihr da überhaupt noch? Warum seid ihr nicht im Zelt?«

»Wir, wir ...«

»Wir haben was gespielt!«

»Und Mama im Himmel zugewinkt.«

Okay, wenn das nicht zieht, weiß ich auch nicht. Problem ist jetzt: Das kosmische Radio steht hinter dem Phantomzelt, es steht auf unseren Schlafsäcken, an die kommen wir jetzt natürlich nicht mehr unauffällig ran. Deshalb gehen wir ohne alles ins Zelt und hoffen, dass Papa nicht auf die Idee kommt, uns auch noch zu kontrollieren.

»Wir gehen schon wieder rein ins Zelt, Papa. Siehst du?«

YumYum macht den Reißverschluss auf. Papa hat mit der Taschenlampen-App aufgegeben und flucht. Wir schlüpfen rein.

»Jetzt wird aber geschlafen.«

»Jetzt ist aber Schluss mit lustig!«, flüstert YumYum ganz leise, und wir beide müssen kichern wegen der Pfeife.

»Sind schon drinne, Papa.«

»Und wehe, ihr brüllt noch mal so rum. Sonst schlaft ihr nicht im Garten, sondern drinnen! In deinem Zimmer! Verstanden?«

Wir fiepen: *Jaha.* Papa muss noch seine Wut abreagieren.

»Ich dachte, ihr schlaft längst verdammt allesmussichdirzweimalsagentoni! Mwopmwopwmopwopwop …«

»Gute Nahacht!«

Wir machen unsere Taschenlampen aus und warten darauf, dass Papa fertig ist mit Schimpfen, aufgibt und wieder reingeht.

»Hast du eine Uhr dabei?«, flüstere ich.

»Nee.«

»Woher sollen wir wissen, wann die achtzig Minuten rum sind?«

»Wenn die Luft rein ist, hocken wir uns neben das kosmische Radio. Dann hören wir Zanna, wenn sie zurück ist.«

Ich denke über Papa nach. Früher hat Papa Sport gemacht. Bevor Mama krank wurde, war er zweimal in der Woche mit seinem besten Freund Mo (den alle aber nur »Das Brain« nennen, also *das Gehirn*, weil er so viel weiß) beim Tischtennis-Training und ist regelmäßig gejoggt. Jetzt gar nicht mehr. Er sieht Mo kaum noch, weil er jeden Abend auf mich aufpassen muss, wie er sagt. Aber ich glaube, das ist eine Ausrede: Ich glaube, er will einfach nicht ausgehen. Er will einfach nur Wein trinken, die Platte hören, sie umdrehen und traurig sein. Bald hat Papa Geburtstag. Es wird der erste Geburtstag ohne Mama. Und irgendwann kommt ja auch mein erster Geburtstag ohne Mama. Ich will keine Geburtstage mehr feiern. Ich will überhaupt nichts mehr feiern, wo Mama sonst dabei war.

TONIS NOTIZBUCH

Die Überraschungsparty für Papa letztes Jahr an seinem Geburtstag. Wie Mama alles geplant hat und seine Freund*innen eingeladen hat. Wie Mama und ich das Wohnzimmer, das Esszimmer und den Garten geschmückt haben. Mit Lampions und Girlanden. Mit Ballons, Kerzen, Teelichtern und einer Discokugel. Wie wir den Grill aufgestellt haben und ein riesiges Buffet in der Küche ausgebreitet haben, für das alle etwas gekocht oder gebacken haben. (Wie lecker waren bitte die Zigarren-Böreks mit Käsefüllung? Das Papa-Ganousch. ← Eigentlich heißt es *Baba Ganoush* und bedeutet *verwöhnter Vater*, Rezept hatte Mama von Mo. Ich sage immer *Papa Ganousch*. Kann nicht genug bekommen von dem Zeug, obwohl da Auberginen drinne sind. Aber eben gut getarnte Auberginen.)

Wie wir nicht genug Gläser hatten und Mama einfach aus dem Leergut alte Wegwerfgläser genommen und sie ausgespült hat. Wie das niemanden gestört hat und wir aus Senfgläsern tranken. Wie wir uns alle im Wohnzimmer versammelt hatten, als Papa von der Arbeit kam. Wir alle ganz still und Papa im Flur so: Hallo? Jemand zu Hause? Wie Mama meine Hand gekrallt hat vor Aufregung. Wie wir dann alle zusammen »ÜBERRASCHUNG!« gerufen haben, als er ins Wohnzimmer kam, und Papa sich so erschrocken hat, dass er sich auf die Lippe gebissen hat, so doll, dass sie geblutet hat. Wie er sich trotzdem gefreut hat, obwohl er erschöpft war. Aber nicht für sich gefreut, sondern für Mama. Wie wir Stopptanzen gemacht haben und ich immer die Pausetaste drücken durfte. Wie Mo Stopptanzkönig wurde, obwohl er nicht auf sicher getanzt hat, einfach weil seine Köperkontrolle 1A ist. Wie Mama und Papa sich in der Küche geküsst haben und ich rückwärts wieder raus bin, um sie nicht zu stören. Das ist noch nicht mal ein Jahr her. Es war einmal, da war noch keine Diagnose, da wussten wir von nichts. Da hatten wir noch Überraschungspartys mit Wunderkerzen und Buffets.

SECHS

YumYum und ich haben Hummeln im Po. Erst als wir denken, dass Papa jetzt glaubt, wir schlafen endlich wirklich, knipsen wir die Taschenlampen wieder an. Machen wir ganz langsam und leise den Reißverschluss vom Zelt wieder auf. Stecken wir unsere Köpfe vorsichtig wieder raus. Wuseln wir uns geheimagentinnenmäßig wieder aus dem Phantom-3000-Bauch. Krabbeln wir auf Schleichpfoten zum Gerät. Das rote Lämpchen leuchtet noch. Wir schalten es kurz aus, sonst frisst es uns vielleicht die Batterien weg, bevor Zanna wiederkommt? Und wieder ein, weil wir nicht wissen, wie viele Minuten schon vergangen sind und Angst haben, Zanna zu verpassen.

Wir haben richtig große Hummeln im Po, riesengroße Monsteraufgeregtheitshummeln, die aber leider ganz, ganz leise sein müssen, damit Papa sie nicht hört. Wir sind tausend Pferde an einem Zügel, der aus einem einzigen Haar gemacht ist. Wir sind das Fußballspiel vor dem Anpfiff. Wir sind ein Hund, bevor du den Stock wirfst. Wir sind ein Kinovorhang, der sich gleich öffnet. Wir sind YumYum und Toni-Peperoni, die auf eine echte Astronautin warten, die in der Raumstation um die Erde rast und Zanna heißt.

Wir lassen den Nachthimmel, lassen die Sterne in uns rein. Jetzt macht Zeit wieder das, was ich dir schon erzählt habe, was Zeit eben kann: Jetzt vergeht sie ganz besonders langsam, jetzt ist sie ein zähflüssiger Brei, ein Fluss, der nicht fließt, ein Sonntagnachmittag bei strömendem Regen ohne Internet, die Zugfahrt zu Oma und Opa. Zeit ist die Nacht vor einer Urlaubsreise. Zeit ist die Minuten, die die ISS braucht, um die Erde zu umrunden. Was ist die allerlangsamste Zeit, die du kennst?

Wir funken in den Himmel. »Hallo, Zanna, kannst du uns hören?«

Keine Antwort. »Zanna, bitte kommen. Ower.« YumYums Füße wippen wie blöd. Keine Antwort. Sie lässt das Walkie-Talkie wieder sinken. *Walk* heißt *gehen* auf Englisch. *Talk* heißt *sprechen*. Gehie Sprechie?

»Snack?«

»Snack!«

YumYum kontrolliert noch mal das kosmische Radio, ich hole inzwischen alle Snacks und die Limo aus dem Zelt, die wir noch versteckt haben. Dann leeren wir endlich auch unsere Onesies ganz aus, ich fische die Lakritzschneckenpackung aus dem Ärmel, die Marshmallows aus dem Bein. Die Sauren Pommes, Chips in der Minidose aus dem anderen. YumYum angelt eine große Tüte weiße Mäuse aus ihrem linken Onesiebein und etliche Nudelsuppenpäckchen aus dem anderen. Dann haben wir noch Vampire und Gummibärchen. Und aus dem im Zelt zwischengelagerten Vorrat: zwei Packungen Chips (meine Lieblingssorte, die ungarischen und eine andere, scharfe, die wir noch nicht kennen), außerdem Erdnussflips und Popcorn. Kennst du UFOs? Diese runden Oblatendinger, gefüllt mit Brausepulver? Die haben wir

natürlich auch. Ein paar Bonbonsorten für YumYum, ich mag die ja eigentlich gar nicht sooooo gerne, die esse ich nur, wenn es nichts anderes gibt. Und wir haben Schokoriegel. Einen Riesenberg Süßes auf dem Schlafsack jedenfalls. Snacks ohne Ende. Das Buffet ist eröffnet! Die ganzen Wochen habe ich mich so zusammenreißen müssen mit den Snacks im Bettkasten. Ich hab mir einen Snackmaulkorb zugelegt und mein inneres Snackmonster gebändigt. Ich habe nicht die Snackeritis bekommen, sondern die Naschkatze mit Nachtisch abgelenkt. Und jetzt, jetzt kann alles raus: Naschkatze, Snackmonster, Snackeritis, alles volle Kraft voraus. Ich schnappe mir eine Handvoll Saure Pommes, YumYum snackt ein paar Ufos weg. Dann machen wir den Rülpswettbewerb. Du trinkst mindestens drei große Schlucke von der Limo, bis du nicht mehr kannst. Bis es hinter den Augen wehtut von der Kohlensäure. Dann staust du die runtergeschluckte Luft kurz und lässt die mit einem Rülp-

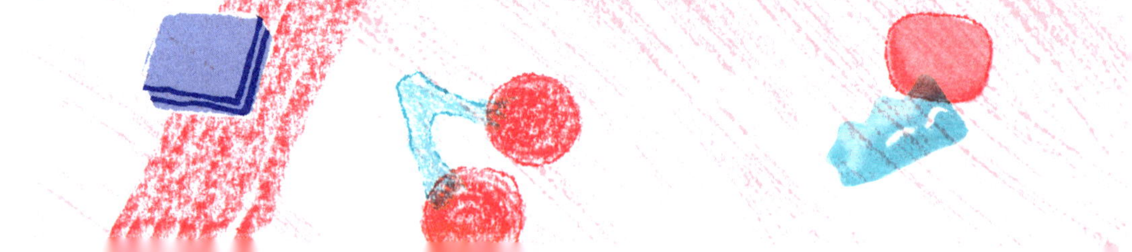

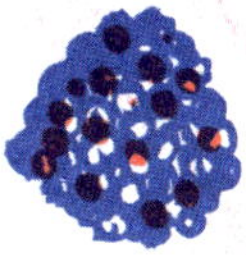

ser frei. Gewonnen hat die, die den längsten Rülpser schafft. YumYum hat nach einer kleinen Flasche Zitronenlimo mal einen Sieben-Sekunden-Rülpser hingelegt, den hatte ich mit der Stopp-uhr-App auf ihrem Handy gestoppt. Absoluter Rekord.

Ich fange an. Beim Schlucken muss ich die Augen zumachen, die Limo pikst, tut im Brustkorb weh. Ich presse den Rülpser raus:

Üüüüüüüüüüüüüüüüüüüüaaaaaaaaaaaaarrrrrrrrrrrrrrr.

Guter Rülpser. Gute Laustärke. Guter Klang. Länge so mittel.

»Beste Vorlage«, meint YumYum und nimmt mir die Flasche aus der Hand. Bei den 1,5-Liter-Dingern müssen wir mit beiden Händen halten, deswegen nehme ich jetzt die Taschenlampe, wie so ’ne Höhlenforscherin oder Einbrecherin. YumYum setzt an, reißt die Augen auf, und ich weiß nicht warum, aber ich stecke mir die Taschenlampe in den Mund. YumYum prustet los. Wie ein Wassersprenkler für den Rasen macht sie eine Limodusche für uns mit ihrem Mund, wir werden beide nass. Sie verschluckt sich, weil wir richtig lachen müssen. Weil wir aber leise lachen wollen, wegen Papa, wird es immer schlimmer, wir beißen uns in die Arme, damit wir nicht zu laut werden, aber wir finden aus dem Lachen nicht mehr heraus. Unser Lachen ist ein Irrgarten ohne Ausgang. Ein Labyrinth aus YumYums Schnauben und meinem Glucksen. Alles, was gerade passiert, löst wieder neues Lachen aus, obwohl es gar nicht witzig ist. Vielleicht weil wir nicht lachen wollen, nicht laut sein wollen, ist es darum umso komischer. YumYum krümmt sich und lässt die Limoflasche los, sie läuft aus, auf den Rasen, auf den Schlafsack. Und da ist endlich der Ausgang aus dem Irrgarten, der Ausgang aus dem Labyrinth. Weil: Dass die Snacks nass werden oder das kosmische Radio, das wollen wir natürlich nicht.

Hastig stellt YumYum die Flasche wieder auf, ich suche nach dem Deckel und schraube sie zu. Wir wischen über den Schlafsack und gucken uns an. Jetzt steckt sich YumYum ihre Taschenlampe in den Mund, ihre Wangen leuchten von innen, ich kann das Licht hindurchschimmern sehen. Ein paar Adern zeichnen sich ab. YumYum ist ein Glühwürmchen. Und sofort muss ich wieder an die Nachtwanderung mit Mama denken, an einer Lichtung im Wald haben wir Glühwürmchen gesehen, die aus der Wiese aufstiegen, ganz viele, und das war so wunderschön und leise, und jetzt will ich Mama erzählen, dass YumYum aussieht wie ein Glühwürmchen, dass wir zwei Glühwürmchen sind in unserem Garten.

TONIS NOTIZBUCH

Wie sie mich immer umarmt hat. Und mich ganz fest an sich gepresst hat. Wie sie mir dann mit der linken Hand über das Haar gewuschelt und meinen Kopf geküsst hat. YumYum sagt, das ist wie mit Phantomschmerzen. Dass ein Arm auch noch wehtun kann, nachdem er amputiert wurde: dass ich noch immer glaube, sie zu fühlen. Manchmal spüre ich noch ihren Gutenachtkuss, spüre ihre Lippen noch auf meiner Stirn, wenn ich abends im Bett liege. Oder ihre Umarmung, wenn ich an sie denke. Manchmal habe ich ihre Stimme so deutlich im Ohr, dass ich erschrecke, weil ich meine, sie steht hinter mir.

SECHS (IMMER NOCH)

Unsere Augen haben sich an die Dunkelheit gewöhnt. Papa schaut jetzt einen Film an, wir sehen das Flackern des Lichtwechsels durch die Vorhänge. Wir spielen auf dem Rasen, dass wir schwerelos sind. Wir probieren die merkwürdigsten Verrenkungen gegen die Schwerkraft. Ich mache eine Art Fallrückzieher-Pose kurz vorm Gleichgewichtverlieren. YumYum versucht einen Handstand. Wir kippen fast gleichzeitig um, dann ist der Boden wieder Lava, aber in leise, damit Papa nicht rauskommt. Wir retten uns auf unsere Snackinsel und checken noch mal das kosmische Radio.

»Zanna, kannst du uns hören?«

Aber es kommen nicht mal Knacksgeräusche. Es ist einfach ganz still. Wir trauen uns nicht, etwas an der Frequenz zu ändern, falls wir sie sonst nicht mehr wiederfinden. Also warten wir weiter und versuchen, die Zeit anzuschubsen. Wir liegen auf dem Rücken, ich werde etwas müde. Zeit für die nächste Runde vom Snack-Buffet.

YumYum wedelt mit der Marshmallow-Packung.

Ich nicke. YumYum reißt die Verpackung auf.

»Welches Wort?«, frage ich.

»Zwei Wörter«, sagt YumYum, »Internationale Raumstation.«

Wir machen die Marshmallow-Challenge (wird so ausgesprochen: Marschmelloh Tschählländsch). Challenge bedeutet Herausforderung. YumYum legt die Packung zwischen uns und fängt an. Sie steckt sich einen Marshmallow in den Mund und sagt »Internationale Raumstation«. Dann bin ich dran. Ich mache es ihr nach. Jetzt ist wieder YumYum dran, steckt sich den zweiten Marshmallow in den Mund, sie sieht aus wie ein Hamster mit zwei dicken Backen und sagt wieder »Internationale Raumstation«. Ich muss kichern. Jetzt bin wieder ich dran.

Das Spiel geht so: Du braucht eine Packung Marshmallows und eine*n Freund*in. Dann setzt ihr euch einander gegenüber. Dann wählt ein Wort aus, ein möglichst kompliziertes. (Oder eben zwei.) Ein Wort, das ihr immer wieder sagen müsst, nachdem ihr euch einen Marshmallow nach dem anderen in den Mund gesteckt habt. Nicht runterschlucken. Nachstopfen mit den Fingern ist erlaubt. Je mehr von diesen schaumigen Kloppern in eurem Mund landen, desto weniger gut könnt ihr natürlich sprechen, ist ja klar, genau darum geht es ja auch. DAS IST JA DAS KOMISCHE. Und aus Internationale Raumstation wird dann irgendwann:

»Ingernagionaeeaumkation.«

»Iaaaaaiongahhhe rauumaaion.«

Und dann:

»Ingnnaaooooaaaleauaaaaiooonn«

»Ia-a-oooo-aaangeauaaaaiooonn«

Ich krieg mich nicht mehr ein. Wir giggeln und schnauben und stopfen uns die Münder mit Zuckerspeck dicht und hören uns an wie Chewbacca für Arme.

TONIS NOTIZBUCH

Wie sie mit YumYum und mir die Marshmallow-Challenge gemacht hat. Obwohl sie schon wusste, wie krank sie ist und dass sie nicht mehr gesund werden wird. Obwohl sie und Papa wussten, dass sie überall im Körper kleine Schwestertumore hat, die *Metastasen* heißen. Nur ich und YumYum wussten es da noch nicht. Ich wusste noch nicht, dass der Tod schon längst bei uns eingezogen war. Wie sie mit uns auf dem Sofa saß und wir uns vor Lachen bogen, als wir versucht haben, das Wort »Desoxyribonukleinsäure« mit sieben Marshmallows im Mund hinzukriegen. Wie sie so lachen konnte, obwohl sie es da schon wusste.

FÜNF

Aus dem Radio krisselt es erst, dann knackt es laut und deutlich: *Toni, YumYum, do you copy? Over.* Wir haben aber die Münder so voll, dass es einen Moment dauert, bis wir sie wieder leer bekommen können. Kau-Level zehn von zehn, volle Schluckkraft voraus. Wir ignorieren das Stechen in der Brust und dass uns die Tränen kommen. Aus unserem Radio knistert es wieder: *»Ich wiederhole. Toni, YumYum, do you copy? Over.«*

Gnaagnaaahh Oooerängouhh. Zaaagnaaa Ooouärängoug. Zanna Owerandout, wir kauen, wir würgen, wir schlucken, bitte warte, warte, warte auf uns! Frage: Wie unschluckbar können Marshmallows sein? Antwort: Ja.

←*Toni, YumYum, do you copy? Over.«*

»Jäß!« YumYum schafft es als Erste.

»Wih kopih!«, keucht sie in das kosmische Himmelsradio.

»Hallo!«

»Du bist zurückgekommen!« Wir können es nicht fassen.

»Natürlich bin ich das.«

»Und du bist jetzt einmal um die Erde rum?«, fragt YumYum.

»Genau!«

Zanna erklärt uns, wie schnell sie da oben ist. Achtundzwanzigtausend Kilometer in der Stunde, und dass wir jetzt ein Fenster in der Zeit hätten: Neun bis zehn Minuten können wir miteinander sprechen, bevor die Verbindung wieder abreißt.

Irgendwie hatte ich damit gerechnet, dass es nicht klappt, dass Zanna nicht wiederkommt, so wie Mama einfach nicht wiederkommt. Irgendwie dachte ich zwischendurch, dass YumYum und ich das alles nur träumen. Dass wir eigentlich gerade tief und fest im Zelt schlafen und beide denselben Traum haben.

Ich starre in den Himmel und versuche etwas zu sehen, versuche, eine Raumstation zu sehen, die da oben irgendwo über uns hinwegsaust. Aber außer funkelnden Sternen sehe ich gerade nichts, was sich bewegt.

»Was siehst du, Zanna?« Jetzt habe auch ich die Marshmallows endlich runtergeschluckt und meine Stimme wiedergefunden.

»Ich sehe auf die Erde. Ich sehe Europa, Mitteleuropa. Ich kann Belgien sehr gut erkennen, wegen der beleuchteten Autobahnen. Ich sehe Paris, Rom, Mailand als schillernde Lichterklumpen, es ist wunderschön. Ihr müsst euch das wie Lichtsommersprossen vorstellen mit großen und kleinen Lichtflecken auf der dunklen Erdoberfläche.«

»Bist du schwerelos?« Die Fragen purzeln nur so aus mir heraus.

»Ja! Na klar.«

»Oh my Gravity. Wie geil ist das denn?«, kreischt YumYum, und wir beide checken sofort, ob Papa was gehört hat. Hat er aber nicht.

»Sehr geil ist das. Alles hier ist schwerelos. Unser Plüschtier, unser …«

»Ihr habt ein Plüschtier auf der ISS?«

»Unseren Space-Teddy, ja.«

»Und er ist auch schwerelos?« YumYum dreht fast durch.

»Ja. Wie alles hier oben.«

»Auch das Essen?« Ich meine, das sind doch die wirklich wichtigen Fragen: Können Pommes im Weltraum überleben? Wie isst du schwerelose Pommes? Bevor ich so Träume entwickle, von wegen Ich-will-Astronautin-werden, muss das auf jeden Fall erst mal geklärt sein.

»Alles. Das Essen, das Trinken, unsere Werkzeuge, einfach alles.«

»Was isst du denn da oben?«

»Trockennahrung, die mit heißem Wasser aufgegossen wird.«

Das hört sich für mich eher nach einem Fisch im Aquarium oder einer Katze im Tierheim und nicht besonders lecker an, aber YumYums Augen leuchten.

»So wie YUMYUM-Tütensuppen?«

»Genau so. Es gibt ziemlich viel Auswahl hier oben.«

Ich rechne das kurz durch und komme zu dem Ergebnis, dass ich wahrscheinlich nicht für sehr lange auf Pommes verzichten könnte. Astronautinnen-Karriere ade. Vielleicht mit Chips als Ersatz? Gleich mal die Lage checken.

»Gibt es auch Chips?«

»Nein, die leider nicht. Chips sind zu gefährlich, alles, was krümelt, ist gefährlich.«

Also ich bin raus. Wenn es da oben keine Pommes und keine Chips gibt, wie soll ich da im Weltraum überleben? Da bekomme ich amtliche Entzugserscheinungen von. Ich versuche mir vorzustellen, wie Chips gefährlich sein können. Angriff der Killerkrümel. Achtung, Chips! Lebensgefahr! Und als würde YumYum meine Gedanken lesen, fragt sie:

»Hä? Wie können denn Chips gefährlich sein?«

»Na, weil die Krümel ja auch schwerelos sind und in der Luft schweben würden, die könnten beim Atmen in die Nase gelangen und von dort in die Lunge, und wir könnten daran ersticken.«

»An einem Chipskrümel?« Ich kann es kaum glauben.

»Ja, das ist wirklich sehr gefährlich.«

Abgefahren. YumYum und ich starren uns an. Ich streichle eine Packung Paprika-Chips Ungarisch, meine Allerlieblingssorte. Bitte erstickt mich nicht, liebe Chipsies.

»Was ist denn euer Lieblingsessen?«

»Pommes Schranke!«, kommt es wie aus einer Pistole aus mir rausgeschossen. Kürsche wäre stolz auf mich.

TONIS NOTIZBUCH

Wie wir das letzte Mal als Familie am Meer waren. Mama schon im Rollstuhl und ohne Haare, dafür mit grüner Baseball-Kappe. *Seven Up* stand vorne drauf.

Wie Papa und ich mit Worten eine Witzegirlande über uns aufgehängt haben, gegen das Summen zwischen den Atomen. Wie Mama sich daran mit aller Kraft festgehalten hat. Wir wollten unbedingt diese Leichtigkeit, damit das Schwere aushaltbar ist. Wie wir alle Pommes Schranke bestellt haben und sie kurz glücklich aussah in der Frühlingssonne. Wie wir auf der Promenade zwischen dem Meer und unseren Pommes hin und her geblickt haben. Über uns segelten die Möwen im Wind und warteten auf Beutegelegenheit. Wie eigentlich da schon klar war, dass es das letzte Mal zu dritt am Meer sein könnte. Papa und ich das aber nicht wahrhaben wollten, von wegen Witzegirlande. Von hier aus erinnert, lag in Mamas Blick aber schon der endgültige Abschied vom Strand. Sie muss geahnt haben, wie schnell danach alles ging. Wie eine riesige Möwe auf Mamas Knien gelandet ist und seelenruhig ihre Pommes gefressen hat und Mama sie einfach gelassen hat. Wie dann immer mehr Möwen gekommen sind und Mama einen Lachanfall bekam. Wie wir sie im Rollstuhl durch den Sand gewuchtet haben bis runter zum Wasser. Mamas dünne Beine im Meer, und wie sie sich an Papa festgehalten und mich nass gespritzt hat.

Irgendwie dachte ich damals, wenn der Tod erst mal sieht, wie gut wir als Familie beim Sterben sind, Eins mit Sternchen nämlich, dann hat er vielleicht Mitleid und denkt: Ach komm, ich hol mir lieber einen ganz alten Menschen, der schon alles erlebt hat. Aber der Tod ist eben ein egoistisches Arschloch, wenn du mich fragst.

FÜNF (IMMER NOCH)

YumYum erklärt Zanna gerade ihre Spezialtechnik mit den YUMYUM-Päckchen. Zanna lacht und sagt, sie hätte auch mal wieder Bock auf Chips und Pizza.

»Jaaa!«

»Pizzaaaaa!« Die kommt bei mir gleich nach den Pommes in meiner Essens-Hitparade. Mit ganz viel geschmolzenem Käse. So viel Käse, dass er Fäden zieht beim Abbeißen. So viel warmem, weichem Käse, dass meine Traurigkeit kurz abhaut vor lauter Schmelzigem.

»Und frisches Gemüse, das gibt es hier oben nämlich nur ganz selten.«

»Ürgh!«

»Gemüse?!«, sage ich so verächtlich, wie ich kann. Meine Mundwinkel hängen so weit runter, das müsstest du mal sehen, die kommen unten schon fast wieder aus dem Gesicht heraus.

»Was habt ihr gegen Gemüse?«

Was wir dagegen haben? Hallo?

»Schmeckt halt scheiße!« Das haben wir dagegen.

Zanna lacht aus dem kosmischen Radio, es klingt wie ein Lachen aus der Konservendose. Mama hat immer ganz viel Gemüse gekocht. Alles frisch und knackig und lecker. Von wegen: *Iss deine Vitamine, Toni-Peperoni.* Seit sie ... seit sie ... tot ist, mag ich einfach kein Gemüse mehr. Seit sie tot ist, schmeckt es auch gar nicht mehr. Seit sie tot ist, ist Gemüse für mich auch gestorben. Von wegen iss deine Vitamine und dann bleibst du gesund. Einen Scheiß ist sie gesund geblieben.

»Dann interessiert es euch wohl auch nicht, dass wir hier oben Salat anpflanzen.«

»Und der wächst in der Schwerelosigkeit?«

»Ja, tipptopp.«

»Woher weiß er, wo oben ist?«

»Er weiß es nicht, aber er wächst einfach.«

»Geil.« YumYum ist natürlich begeistert. Ich frage mich, wie sich ein Salat in der Schwerelosigkeit fühlt. Woher hat er die Kraft zu wachsen, wenn er nicht mal weiß, wo unten ist und wo oben? Woher weiß der Salat, was er machen muss, so ganz ohne Halt und Richtung. Haben Salate Muskeln? Vielleicht findet er es ja auch gut. Endlich mal kein Gewicht, endlich mal Urlaub von der Schwerkraft.

»Wie fühlt sich das an?«, frage ich vorsichtig.

»Die Schwerelosigkeit?«

»Ja.«

»Fantastisch. Unbeschreiblich. Wunderschön. Wie Schwimmen ohne Wasser.«

»Musstest du dafür einen Freischwimmerohnewasser machen?«

Zanna lacht: *»Ja, so in etwa. Man übt es schon auf der Erde in Parabelflügen.«*

»Was ist das denn?«

»Man geht mit einem Flugzeug in eine Art Sturzflug, man befindet sich im Bauch des Flugzeugs und fällt quasi mitten im Raum. Schwer zu erklären.«

»Und dabei ist man schwerelos?«

»Genau, es fühlt sich so an.«

Ich versuche mir das vorzustellen, versuche mich in einen Flugzeugbauch zu denken und wie ich da schwebe. Ich versuche mir vorzustellen, wie der Salat sich fühlt in der Schwerelosigkeit. Ich versuche mir vorzustellen, wie Schwimmen ohne Wasser geht. Wie ich da vorwärtskäme.

»Wie bewegst du dich denn in der Schwerelosigkeit?«

»Ich hangle mich an Griffen durch die Raumstation.«

»Hast du auch eine Toilette?« War klar, dass YumYum das wissen will.

»Logisch, ihr müsst euch das vorstellen wie einen Staubsauger. Ich schnall mich auf dem Sitz fest, und dann sauge ich alles weg, was wegmuss.«

YumYum ist erleichtert. »Cool.«

»Ein Pipistaubsauger.«

»Ein Kackomat.«

»Hahaha.«

»Und wie schläfst du in der Schwerelosigkeit?«

»In so einer Art Schlafsack.«

»Wir heute Nacht auch!« YumYum hat schon wieder diese hohe fiepsige Stimme, die sie immer bekommt, wenn sie aufgeregt ist.

»Toll. Aber meiner hängt in der Luft. Da krieche ich rein und schnalle mich fest. Leider fällt es mir sehr schwer einzuschlafen. Mir fehlt dazu die Schwerkraft. Es gibt hier nämlich kein Oben und kein Unten, überall ist oben irgendwie. Aber wir kommen klar, genau wie der Salat.«

»Und wann gehst du abends schlafen?«

»Es gibt hier oben kein Morgens und Abends, kein Tag und Nacht, es ist entweder hell oder dunkel, alle Dreiviertelstunde wechselt es. Wir behalten aber unseren Tagesrhythmus von der Erde einfach bei. Das Gefühl, nach einem langen Tag einfach so ins Bett zu sinken, das fehlt mir irgendwie. Dafür braucht es eben die Gravitation, die Schwerkraft.«

»Davon hab ich etwas zu viel, glaube ich. Ich wäre gerne schwerelos«, sage ich.

»Ich auch!«

»Dann müsst ihr Astronautinnen werden. Das könnt ihr ja. Vielleicht könnt ihr sogar zum Mars fliegen!«

»Wow!«

YumYum ist eine Rakete, YumYum ist angezündet, YumYum hat den Countdown an. YumYum will unbedingt zum Mars, und die Fragen sprudeln nur so aus ihr heraus. Wie lange ein Flug zum Mars dauert. (Zwischen sieben Monaten und einem Jahr.) Ob schon ein Mensch auf dem Mars war. (Nein, bisher nur Forschungsgeräte.) Was sie machen muss, um sich zu bewerben. Wie sie Astronautin wird. Und ich höre alles wie durch eine Schicht. Ich kann Zukunft nicht so gut denken wie YumYum. Ich weiß gerade überhaupt nichts mehr, auch nicht, was ich mal werden will.

»Warum bist du überhaupt Astronautin geworden?«, frage ich Zanna.

»Ich wollte es schon immer. Es ist einfach so ein großes Abenteuer. Hier gibt es noch etwas zu entdecken. Orte, an denen noch niemand war. Ich wusste schon als Kind, dass ich Astronautin werden will. Da war ich vielleicht so alt wie ihr jetzt.«

»Und wieso hast du es schon so früh gewusst?«

»Ich hatte einen Film gesehen, da wurde die Erde vom Weltraum aus gezeigt. Und da wusste ich es. Wusste, dass ich da hochwill in den Weltraum. Verrückt. Jetzt bin ich tatsächlich hier.«

»Und was machst du jetzt da oben?«

»Ich erforsche unterschiedliche Sachen, auch meinen Körper im Weltraum.«

»Wie das?«

»Ich nehme mir zum Beispiel Blut ab und untersuche es. Ich erforsche den weiblichen Körper im Weltraum. Wie verhält sich der weibliche Körper unter diesen Bedingungen. Darüber wurde nämlich noch nicht so viel nachgedacht, die meisten Daten, die uns vorliegen, beziehen sich auf Männer.«

»Warum?«

Da lacht Zanna nur. Sie meint, dass vielleicht erst so wenige Frauen im Weltraum waren, weil Männer ihnen das nicht zugetraut haben. Weil Männer dachten, dass Frauen das gar nicht aushalten können.

Das denken manche Jungs bei uns in der Klasse auch, dass Mädchen was nicht aushalten können. Im Sportunterricht oder so. Oder in Mathe. Kennst du das? Dass irgendwer denkt, dass du etwas nicht schaffst, nur weil du zum Beispiel ein Mädchen bist oder dick oder arm oder Schwarz oder was weiß ich. Mama hat immer gesagt, dass ich Menschen, die mich entmutigen wollen, keinen Platz in meinem Leben geben soll.

»Dabei bin ich voll gut in Mathe und Physik«, sagt YumYum stolz.

»Das ist super. Lasst euch von niemandem etwas einreden! Ihr müsst das machen, was ihr machen wollt, lasst euch nicht aufhalten, versprochen?«

Wir versprechen es.

»Wisst ihr, wer die erste Frau im Weltall war?«

»Nein.« ← Wir beide mal wieder gleichzeitig. Wir klatschen uns ab.

»Valentina Tereschkowa. Sie ist 1963 für drei Tage in den Weltraum geflogen.«

»Ist sie dein Vorbild?«

»Auch, aber Sally Ride noch mehr. Kennt ihr sie?«

Kein Plan. Ich nicht und YumYum auch nicht. Zanna schwärmt uns von Sally Ride (Sällih Raidhe ← so ausgesprochen) vor: Sally war die erste Amerikanerin im Weltall, und sie war wohl auch sehr cool. Als Zanna ein Kind war, 1983, flog Sally Ride zum ersten Mal in den Weltraum. Sie wurde so berühmt, dass es auch ein Lied über sie gibt.

»Wie lange bist du denn schon auf der Raumstation?«, frage ich.

»Schon 117 Tage.«

»Wow. Das ist ganz schön lange.«

»Länger, als Mama tot ist.«

Auf einmal ist alles still. Zanna ist still. YumYum ist still. Der Weltraum ist still. Alle Stimmen in meinem Kopf sind still. Du bist still. Auf einmal ist da nur noch meine Vermissung.

TONIS NOTIZBUCH

Wie sie mir meine Lieblingslieder aus dem Englischen übersetzt hat, abends im Bett, und wir die gesungen haben, bis ich traurig wurde. Wie sie mich gefragt hat, was los ist, und ich es eigentlich nicht erzählen wollte, es dann aber doch erzählt hab: von den drei Kotzbrocken in meiner neuen Klasse und was sie zu mir sagen über mich und über meinen Körper. Und dass sie mich jeden Tag in der Pause nerven. Und wie Mama mir gesagt hat, dass die Kotzbrocken keine Ahnung haben. Und was für ein funkelndes, schönes, kraftvolles Wesen ich sei. Und dass ich alles schaffen kann und mich von den Kotzbrocken dieser Welt nicht aufhalten lassen darf. Wie sie am nächsten Morgen den Vor-der-Schule-Zauber angefangen hat mit mir. Mama hat gerufen: Wer ist stark? Und ich sollte antworten: Ich bin stark! Dann sie wieder: Wer ist klug? Ich: Ich bin klug! Mama: Wer kann den besten Wobbeltanz? Ich: Ich kann den besten Wobbeltanz! Mama: Wer schafft alles, was sie sich vornimmt? Ich: Ich schaffe alles, was ich mir vornehme!

Aber das hat alles nichts gebracht, weil: Ich hatte mir vorgenommen, den Tod zu überlisten und mit ihm einen Pakt zu schließen: Er soll lieber mich mitnehmen statt meiner Mama. Ich hab's ihm vorgeschlagen, aber er hat nicht zugehört. Der Tod = egoistischer Scheißkerl, der keine Deals macht. Und dann war ich so wütend auf Mama, weil: Warum hat sie sich nicht selbst verzaubert? Wer schafft alles, was sie will? Warum hat sie nicht den Krebs besiegt, sondern sich von ihm auffressen lassen?

Am Ende des Vor-der-Schule-Zaubers hat Mama immer gesagt: *Show me your superpower!* (Schoh mih juar supapaua). Das bedeutet: *Zeig mir deine Superkraft!*, und ich hab ein Herz gemacht mit meinen Händen. Jetzt ist alles weg. Zauber. Superkraft. Mama. Nur die Kotzbrocken sind noch da.

TONIS NOTIZBUCH (NOCH MAL)

Wie Mama und ich gegen die Beschissenheit immer den Wobbeltanz gemacht haben im Wohnzimmer. Wenn eine von uns wütend war oder traurig. Wegen der Kotzbrocken bei mir oder dem einen Kollegen bei Mama, der immer dachte, dass er alles besser weiß, und den Mama zum Mond schießen wollte. (»Armer Mond!« ← Zitat Mama) Der Wobbeltanz ist dafür da, dass du dich gut fühlst. Dafür musst du wobbeln beim Wobbeln und alles Schwere und Schlechte vergessen, das dich gerade bedrückt. Du machst dir dein Lieblingslied an. Dann schüttelst du alles, was du schütteln kannst. Du springst und wackelst und wobbelst, was das Zeug hält. Völlig egal, wie es aussieht, völlig egal, was andere über dich denken. Du schüttelst die Gedanken der anderen einfach mit ab. Und vielleicht hast du ein kleines bisschen Mitleid, dass sie solche Klemmies sind und sich nicht trauen, den Wobbeltanz zu tanzen.

VIER

Dic Stille dauert jetzt schon ganz schön lange, und ich suche in meinem Gehirn verkrampft nach einer Frage, die ich stellen könnte, damit wir bessere Laune kriegen. Eine Wobbelfrage, die alles Schwere abschüttelt. YumYum kaut an ihren Nägeln, und das ist ja auch ein Zeichen, dass sie nicht weiterweiß. Über den Tod will einfach niemand sprechen, und irgendwie ist das ungerecht. Weil er ja da ist, es gibt ihn doch, aber fast alle so tun, als sei er unsichtbar. Erwachsene spielen die ganze Zeit *Der Tod ist Lava*. Kein Mensch möchte ihn berühren und mit ihm zu tun haben. Aus dem kosmischen Radio rauscht es. Zanna knackt die Stille wie eine Nuss:

»Es tut mir leid, dass deine Mutter gestorben ist.«

»Ja, mir auch.«

»Sie hat uns vorhin eine Sternschnuppe geschickt«, sagt YumYum, und ich sehe ihre dunklen Augen im schwachen Taschenlampenlicht funkeln.

»Das ist schön.«

»Die war riesig. Mit dem längsten Schweif, den ich je gesehen habe. Ich vermisse sie so!«, purzelt es doch aus mir heraus.

»Das glaube ich dir. Magst du mir von ihr erzählen?«

Ich weiß nicht, wie ich Mama so in Worte pressen kann, dass sie durch das Walkie-Talkie bis in den Weltraum passt. Worte sind viel zu klein für Mama. Worte lassen das Wichtigste immer weg. Meine Worte schaffen es vielleicht nicht, sie so zu beschreiben, wie sie wirklich war. Meine Worte sind wie Schiffe, die viel zu klein sind für die Erinnerungen. Worte machen mir Angst, irgendetwas unterwegs zu verlieren oder mich falsch zu erinnern. Aber noch mehr Angst habe ich davor, etwas Wichtiges von Mama zu vergessen. Deswegen schreibe ich ja auch alles auf.

TONIS NOTIZBUCH

Wegen der großen Vermissung stoße ich gerade bei allem, was ich mache, auf Mama. Weil die Welt eine Ohne-Mama-Welt geworden ist, erinnert mich eben jede kleinste Kleinigkeit an sie. Das ist verrückt. Ich fahre Bus ohne Mama, ich wache auf ohne Mama, ich komme in die Schule ohne Mama. Auch wenn ich vorher natürlich ohne Mama in der Schule war, ist es jetzt anders. Vorher war die Schule nur der Ort, an dem ich gelernt habe und Kotzbrocken im Nacken hatte. Jetzt ist die Schule der Ort, an dem Mama mir in der Aula zugejubelt hat. Der Ort, an dem Mama beim Sommerfest die Schnitzeljagd organisiert hat. Mein Klassenzimmer der Raum, in dem Mama mal von ihrer Arbeit erzählt hat bei dem Projekt: *Was arbeitet mein Papa?*

Wie sie da vorne stand neben dem Pult mit ihrem Baseball-Käppi auf und gesagt hat, dass sie Coderin ist und Apps programmiert. Wie ich fast geplatzt bin vor Stolz und immer zu den Kotzbrocken hingeguckt hab von wegen: Dagegen kommen eure Cafeteria-Mamis null an. Die reichen meiner Mama nicht mal bis zur Kniescheibe.

VIER (ALSO GUT)

Was könnte ich Zanna von Mama erzählen, sodass sie weiß, wie Mama war? Wo fange ich an? Ich rede nie über Mama. Ich schreibe sie nur auf. Jetzt angle ich in meinem Kopf nach Worten, aber da ist nur gähnende Leere. Ich stochere nach Erinnerungen, aber nichts scheint mir erzählenswert. Ich fühle mich so, wie wenn du vorne an der Tafel etwas aufsagen musst und auf einmal sieben kleine Kobolde auf Murkssprache in deinem Gehirn herumalbern statt des Gedichts, das du bis eben noch auswendig konntest und das du jetzt aufsagen sollst. Oder so, wie als ich am ersten Tag vor der neuen Klasse stand und ich was über mich sagen sollte. Wie ich nur rausbekam: *Ich heiße Toni und mag keinen Salat*. Wie die Kotzbrocken mich gleich ausgelacht haben. Ich mache die Augen zu.

»Ich weiß nicht, wo ich anfangen soll ... Hm ... Sie ... Sie hat versteinerte Seeigel gesammelt?«

Meine Stimme ist schon wieder nicht meine Stimme. Meine Stimme ist schon wieder so klein und leise. Meine Stimme ist eine Schnecke, die sich in ihr Haus zurückzieht, die Tür zumacht und ein Schild draußen dranhängt, auf dem steht: PAUSE. YumYum merkt, dass meine Schneckenstimme Pause hat, und hilft:

»Ihre Mutter war sooooo cool. Sie hat Apps programmiert. Und immer Witze gemacht. Und sie konnte richtig gute Kostüme basteln für Halloween und zum Fasching. Weißt du noch ihre Gedärmetorte, Toni?«

»Gedärmetorte?«, fragt Zanna richtig angewidert.

Und jetzt fällt mir alles wieder ein:

»Ja, hat sie letztes Jahr gebacken an Halloween. Die war echt cool. Mit so Gedärmewülsten und Blutzuckerguss drüber. Da war sie schon krank, wir wussten es aber alle noch nicht ... Es ging seitdem so schnell irgendwie ... Ich hab so Angst, sie zu vergessen, irgendwas Wichtiges von ihr zu vergessen. Deswegen schreib ich alles in ein Buch, wenn mir was einfällt. Und ich hab ein Mama-Regal in meinem Zimmer, da bewahre ich Sachen von ihr auf, in Gläsern.«

»Was bewahrst du denn von ihr auf?«

»Ihr rotes T-Shirt zum Beispiel, mit dem verblichenen Aufdruck ihrer Lieblingsband drauf. Manchmal rieche ich dran. Aber ihre Geruchsspur verblasst immer mehr. Ihre versteinerten Seeigel. Siebenunddreißig Stück. Ihre Haare, die wir vor der Chemo abgeschnitten haben. Ihren Ring, der ihr vom Finger gerutscht ist. Den Stiel vom letzten Eis, das sie gegessen hat. Twister. Wir haben es uns geteilt. Na ja, geteilt stimmt nicht ganz, weil ja ich das meiste gegessen habe. Was noch? Einen USB-Stick mit gespeicherten Tonaufnahmen von ihr. Und wie sie mir eine Gutenachtgeschichte erfindet. Papa hat mir geholfen, das aufzunehmen und auf den Stick zu tun am Computer. Ihr Parfüm. Durfte ich haben, die Flasche. Den roten Nagellack auch. Die salzigen Lakritze, die sie so gerne mochte. Die Postkarte, die sie mir von einer Geschäftsreise aus Stockholm geschickt hat. Eine getrocknete Peperoni, von der Geburtstagsgirlande. Sie hat mich immer *Toni-Peperoni* genannt. Ihren *Mafiahut*, den sie im Sommer immer aufhatte gegen die Sonne. Einen Lippenstift von ihr, den knallroten. Den hat sie nur draufgemacht, wenn sie abends mit Freundinnen ausgegangen ist. Eine getrocknete Rose von ihrer Trauerfeier ...«

7UP

Meine Schneckenstimme hängt wieder das Schild raus: Pause.

»Das ist eine sehr schöne Art, dich zu erinnern, Toni.«

»Was glaubst du, wo sie jetzt ist?«

Wenn eine Astronautin das nicht weiß, dann keine Ahnung. Zanna ist doch quasi Himmelsexpertin, oder? Es rauscht aus dem kosmischen Radio, ich höre, wie Zanna nachdenkt, so sehr rauscht es. Ich höre die Lücken zwischen den gedachten Worten. Ich höre das Summen zwischen den Atomen.

»Das können wir nicht wissen. Was wir aber wissen, ist, dass im Universum keine Energie verloren geht.«

Hah!

»Das ...«

»... hab ich vorhin auch schon gesagt!«

»Siehst du, Toni! Was nach dem Tod kommt, ist vielleicht ein noch größeres Abenteuer, als in den Weltraum zu fliegen. Es hat nur einfach noch niemand davon berichten können.«

»Aber warum sagen dann alle, dass sie im Himmel ist!?«

»Weil es für manche vielleicht tröstlich ist, das zu glauben. Was glaubst denn du, wo sie ist?«

»Keine Ahnung. Ich denk manchmal, sie kann gar nicht tot sein. Ich denk dann, sie kommt jeden Augenblick um die Ecke, aus der Küche oder abends an mein Bett, um mir was vorzulesen oder so ... Als wär sie nur im Urlaub gewesen. Oder auf einer sehr langen Tagung. Ich weiß nichts mehr. Gar nichts mehr. Vielleicht ist sie wirklich einfach nur weg.«

»Solange du dich an sie erinnerst, wird sie immer da sein, immer ein Teil von dir sein.«

»Aber sie fehlt mir trotzdem.«

»Ja.«

»Glaubst du denn, sie ist im Himmel?«

»Wenn sie dir eine Sternschnuppe schickt?«

»Schade, dass ich die nicht aufbewahren kann in meinem Regal.«

»Vielleicht nicht in deinem Regal, aber in deinem Herzen kannst du sie aufbewahren.«

Ich stell mir mein Herz vor mit einem Regal innen drin, in dem ich die Sternschnuppe aufbewahre. Vielleicht ist mein Herz wie ein Notizbuch für Gefühle? Vielleicht passt da endlos viel rein, wenn der Eispanzer wieder weggetaut ist? Vielleicht sollte ich bis dahin trotzdem alles aufschreiben?

Weißt du, der Panzer ist nämlich um mein Herz, seit Mama tot ist. Keine Ahnung, ob du das kennst, ob du auch mal einen Eispanzer ums Herz hattest. Falls ja: Kannst du mir bitte verraten, wie du ihn wieder losgeworden bist?

TONIS NOTIZBUCH

Wie ich unbedingt das Skelett-Kostüm zur Beerdigung anziehen wollte und Papa richtig ausgeflippt ist. Von wegen: So gehst du mir nicht los, Toni! Das ist abersowasvon … whoppwhopp … respektlos! Und wie ich dann gesagt habe, dass ich seinen schwarzen Anzug *respektlos* finde, weil der nix mit ihm und Mama und unserem Leben zu tun hat, sondern nur mit der Erwartung der anderen. Und dass das die eigentliche Verkleidung ist, dass er aussieht wie in einem Scheißkostüm mit seinem Hemd und Schlips. Wie Papa dann ins Schlafzimmer gestapft ist und in Jeans und seinem Lieblingspulli wieder rauskam und wütend rief: Besser so? Und ich gebrüllt hab: Ja! Viiiieeel besser!

VIER (GEHT DOCH)

»Sie hat mir letztes Jahr an Halloween ein Skelett-Kostüm gebastelt«, erzähle ich Zanna. »Das war cool, weil die Knochen im Dunkeln geleuchtet haben.«

»Gruselig.«

»Ja! Mega!«

»Einmal hat sie uns Augenlollis gemacht. Weißt du noch, Toni?«

»Stimmt! Fast vergessen!«

Das muss ich unbedingt nachher in mein Notizbuch schreiben.

»Sie war so cool, echt.«

YumYum redet von meiner Mama, als sei es ihre gewesen. Und da verstehe ich auf einmal, dass sie ja nie den Moment des Abschieds mit ihr hatte. Und dass sie mir nie gezeigt hat, wie traurig sie ist. Ich höre Zanna und YumYum zu, als hätte das alles nichts mit mir zu tun.

»Was sind denn Augenlollis? Vielleicht will ich das aber auch gar nicht wissen.«

»Das waren doch keine richtigen Augen! Haha!«

»Zum Glück nicht!«

»Die sahen nur aus wie Augen mit blauer, grüner und brauner Iris und geplatzten Adern. Aber die waren aus Kuchenkugeln. Mit weißer Schokolade außen. Und die Iris war aus Lebensmittelfarbe. Sie hatte immer so lustige Ideen.«

»Und war... die Lollis ...cker?« Es knackst und rauscht wieder.

»Jaaa. Und wie!«

YumYum erzählt so liebevoll von meiner Mutter, dass ich fast eifersüchtig werde. Aber warum sollte ich denn bitte eifersüchtig sein? YumYum war ja auch bei den Augenlollis dabei, das sind ja auch ihre Erinnerungen? Sie nimmt mir doch nichts weg damit? Das ist doch eigentlich schön, dass YumYum Mama so mochte? Ich denke an den Augenlolli-Moment zurück, als YumYum bei mir übernachtet hatte, einmal an Halloween. Wie wir in meinem Zimmer als Zombies rumlungerten und Mama reinkam mit einem Glas, in dem auf Holzstäbchen aufgespießte Augen steckten. Mama hat uns *meine kleinen Zombies* genannt und sich selbst einen Totenkopf aufs Gesicht geschminkt. Wie wir zu dritt die Augenlollis gegessen haben und dazu eklige Sachen gesagt haben wie: *Ich rupfe dir deine Gedärme raus und verspeise deine Augen zum Nachtisch.* Oder: *Blaue Augen schmecken nicht, ich bevorzuge die grünen.* Oder: *Die glibbern so schön, wenn man auf sie draufbeißt.* Ich glaube, meine Mutter war für YumYum so was wie eine Oase in einer Verbotewüste. Sie schwärmt Zanna nämlich noch immer von Mama vor. Ich glaube, YumYum wäre lieber bei uns aufgewachsen. Und eigentlich gehörte sie bei uns ja auch immer mit dazu, bis Mama krank wurde und wir uns zu dritt eingeigelt haben. Ich merke erst jetzt, dass YumYum mit meiner Mama eine Freundin verloren hat. Und irgendwie tut sie mir gerade sehr leid.

Es knackt und knistert, YumYum umklammert das Walkie-Talkie.

»Bis später«, sagt sie und: »ower änd aut!«

»*...ver ...nd ... out*«, krisselt Zanna.

Knackende Geräusche. Dann nur noch ein feines Rauschen. Stille. YumYum lässt das Walkie-Talkie sinken.

Häh? Was? Waswaswas? Hab ich etwas verpasst? Komplettverwirrung mal wieder: Ich bin irgendwie da, aber nicht da.

»Zanna? Ist sie weg?«

»Klar ist sie weg. Sie hat sich doch verabschiedet.«

»Gar nicht mitbekommen.«

»Hallo!? Erde an Toni: Wo warst du denn?«

»Bei meiner Mama.«

»Ja. Weiß ich doch.«

»Kommt sie noch mal wieder?«

»Deine Mama?«

»Nein! Zanna!« Ich mache das Augenroll-Emoji, aber natürlich sieht YumYum es nicht, ist ja stockdunkel.

»Hat sie doch gesagt, wie vorhin: In achtzig Minuten ist sie wieder da. Du hast ja echt gar nichts mitbekommen.«

Das passiert mir in letzter Zeit öfter, ich schweife ab und verlaufe mich in meinen Gedanken. Ich zickzacke durch Erinnerungen, während ich eigentlich zum Beispiel im Musikunterricht aufpassen sollte. Aber dann sehe ich aus dem Fenster, und schon bin ich rotkäppchenmäßig vom Weg abgekommen oder falsch an der Gedankenweggabelung abgebogen. Irgendwie verliere ich dann das aus den Augen, was gerade passiert. Und plötzlich will Herr Leka, dass ich ihm sage, welche Note das gerade war, aber ich hab die noch nicht mal gehört. Und ich denke: *Großmutter, warum hat Herr Leka so große Augen?* Damit er mich besser fressen kann. Kennst du das? Als wäre meine Konzentration ein Leerdammer-Käse mit so Erinnerungslöchern drin. Als wären meine Gedanken eine fremde Stadt, in der Google Maps nicht funktioniert, und ich finde nicht mehr nach Hause.

»Kneif mich mal.«

YumYum kneift mir volle Kanne in meinen rechten Arm.

»Au!«

»Haha. Willkommen zurück in der Realität.«

»Hi.«

»Ein kleiner Schritt für eine Toni …«, fängt YumYum an. Und natürlich kenne ich das Zitat von Neil Armstrong, dem ersten Menschen auf dem Mond. Ich vervollständige:

»Aber ein großer Schritt für die Menschheit.«

Wir klatschen uns ab.

»Wusstest du, dass die Erde einen Umfang von vierzigtausend Kilometern hat?«

»Gürtelgröße XXXXXXXXXXL.«

»Hahaha.«

YumYum leuchtet mit der Taschenlampe die Snacks an.

»Wusstest du, dass die ISS in vierhundert Kilometern Höhe um die Erde fliegt? Wo sind die Sauren Pommes?«

»Wusstest du, dass Drachenzungen nicht so sauer sind wie Saure Pommes?«

Wir leuchten den ganzen Schlafsack und den Snackberg ab, bis wir die Packung gefunden haben. Ich gönn' mir noch eine Lakritzschnecke, und natürlich muss ich an das Geräusch denken: Plock.

TONIS NOTIZBUCH

Wie wir dann los sind zum Wald, der Ruheforst heißt, ich im Skelett-Kostüm und mit Mamas grüner Kappe auf (die mir viel zu groß ist und jetzt im Regal liegt mit den anderen Sachen). In meinem Rucksack: Wunderkerzen und eine Packung Lakritzschnecken. Papa mit Turnschuhen, der Boombox, Schnaps und einem bunten Strauß aus Mamas liebsten Frühlingsblumen.

Wie wir auf dem Parkplatz ankamen und da schon die Bestatterin wartete und ich die Urne tragen durfte. Wie ich für YumYum Fotos mit Papas Handy gemacht hab, weil ihre Mutter sie nicht zur Beerdigung gelassen hat. Wie fast alle geweint haben wegen Mama, als ihr Lieblingslied aus der Boombox kam, und ich gar nichts gefühlt hab, außer wie sich eine Taubheit um meinen Brustkorb legt. Wir standen um das Loch unter der Buche versammelt, in dem die Urne mit Mamas Asche drin versunken ist. Wie alle Schnaps getrunken haben, auch Oma und Opa.

Wie ich vor dem Loch, das alle *Grab* nennen, einen Wobbeltanz aufgeführt habe zur Musik aus der Boombox. Da waren die anderen schon weg, nur Papa und ich wollten noch einen Extramoment, bevor wir ins Restaurant zum Leichenschmaus mussten. Wie ich gar nicht traurig war, sondern einen Lachkrampf bekommen hab, als ich an das Wort *Leichenschmaus* dachte. Wie ich Mama noch drei Lakritzschnecken mit ins Grab getan hab. So wie bei den Ägyptern, als Wegproviant. Und dann das Geräusch der Schnecken auf der Urne. *Plock*. Wie Papa und ich dann Wunderkerzen angemacht haben, heimlich, weil: Eigentlich ist das im Wald, der Ruheforst heißt, verboten. Wie seitdem alles taub ist, irgendwie. Und eine Schwere mich am Boden hält, die mehr ist als die Schwerkraft.

VIER (JUPP, IMMER NOCH)

YumYum hat sich zwei Saure Pommes in die Nasenlöcher gesteckt und leuchtet sich von unten mit der Taschenlampe an.

»Ich bin ein Nasenvampir!«

»Wusstest du, dass du Vampiren einen Pfahl durchs Herz rammen musst, um sie zu töten?«

»Wusstest du, dass es Flughunde gibt mit einer Spannweite von über einem Meter? *Kalong* heißen die. Wusstest du das?«

YumYum snackt die Nasenpommes weg.

»Wusstest du, dass ich mich so was von einpullern würde, wenn ich 'nem Kalong begegnen würde?«

»Gutes Stichwort: Ich muss schon wieder.«

»Ich auch.«

Wir gucken zur Balkontür. Wir gucken uns an. Beide keinen Bock auf Papas Gemecker, von wegen *immer noch wach*.

»Wusstest du, dass wir einfach im Garten pinkeln können? Da hinten neben dem Kompost, da wächst eh nix.«

Wir ziehen uns die Onesies aus.

»Wusstest du, dass ich gleich den längsten Limo-Rülpser unserer Freundschaft machen werde?«

»Toni, nicht zuhören, okay?«

»Bei meinem Rülpser?«

»Nein. Beim Pinkeln.«

»Okay.«

»Okay?«

»Okay.«

»Okay.«

Frage: Wie viele Okays braucht eine YumYum? Antwort: Ja.

»Sonst kann ich nicht.« ← Weiß ich doch, hier draußen ist jetzt kein Handy, mit dem sie Musik anmachen könnte.

»Ich geh sowieso da rüber, da höre ich eh nichts.«

»Okay.«

»Wer zuerst fertig ist!« (Wenn sie noch einmal *Okay* sagt, kriege ich die Krise.)

YumYum schnappt sich die Taschenlampe und trippelt schnurstracks zum Kompost. Ich sprinte in die andere Ecke, zwischen zwei Hortensien von Mama, und denke *Tschuldigung, Mama, Notfall.* Weil Mama ja den Garten echt gerne mochte, mit allen Blumen, Sträuchern, den Vögeln und Insekten.

Ich entspanne mich. Pinkeln können, wenn du dringend musst, ist eines der besten Gefühle, oder? Erleichterung pur. Beste Gönnung. Die Hortensien gehen mir bis zur Schulter, nur mein Kopf ragt drüber hinaus. Ich gucke Sterne und lasse laufen. Ich weiß nicht warum, aber ich mag es, draußen zu pinkeln. Bitte sag es niemandem. Auch nicht den Kotzbrocken. Besonders denen nicht.

Ich mag eigentlich alles, was draußen ist. Draußen schlafen. Draußen essen, spielen, lesen. Manchmal würde ich gerne irgendwo leben, wo es das ganze Jahr so warm ist, dass ich viel mehr Draußenzeit haben kann.

Abschütteln. Und: FERTIG! Ich bin die schnellste Pinklerin der Welt! Schlüppi hoch, das gewinne ich, mit Sicherheit.

Aber als ich wieder auf unserer Schlafsackinsel ankomme, sitzt YumYum schon angezogen im Onesie da. Häh? Wie hat sie das denn bitte angestellt? Siehst du, das meine ich mit der Zeit, manchmal weiß ich auch nicht, dann denke ich: Voll wenig Zeit vergangen, aber dann hat die Zeit heimlich einen Sprint hingelegt oder so. Ich grummle, weil ich eine schlechte Verliererin bin, und ziehe meinen Totoro-Onesie wieder an. YumYum hat schon die Limo auf.

»Na, dann zeig mal, was du draufhast, Totoroni.«

Und ich weiß, dass sie mich gewinnen lassen wird, dass sie mit Absicht kürzer rülpsen wird, damit ich nicht so traurig bin. Und YumYum weiß, dass ich das weiß, und dafür feiere ich sie. Sache is': Niemand kennt die zweitschnellste Pinklerin der Welt. Alle wissen immer nur, wer zuerst durchs Ziel ist.

Ich setze die Flasche an und nehme extragroße Schlucke, weil ich wirklich gewinnen möchte. Nicht, weil YumYum mich lässt.

»Üüüüüüüüüüüüüüüüüüüüüüaaaaaaaaarrrrrrrrrrr
rrrrrrrrbbbbbbbbüüüüüüüüüüüürrrrrrrrrrrghhhhhh-
hhhhhhh.«

»Der war richtig gut.«

YumYum nimmt kleinere Schlucke und bereitet ihren absichtlichen Verliererrülpser vor:

» Ü ü ü ü ü ü ü ü ü ü ü ü ü ü o o o o a a a a a r r r r r r r r r r-rüüüüüüüüüüüüppppppppp«

»YumYum?«

»Ja?«

»Danke, dass du so bist.«

»Wie denn?«

»Lieb. Wusstest du, dass ich dich supergern hab?«

»Wusstest du, dass ich dich gigagern hab?«

Ja, das wusste ich. Dass wir immer noch so eng befreundet sind, obwohl wir nicht mehr auf dieselbe Schule gehen, ist ein kleines Wunder.

TONIS NOTIZBUCH

Wie ich nach dem Umzug in die neue Schule kam, weil ich in der anderen nicht mehr bleiben durfte, von wegen Entfernung zum Wohnort zu groß. Wie Mama mich gebracht hat, mitten im Schuljahr, an irgendeinem Montag mittendrin und ich null Bock darauf hatte, auf nichts. Und schon gar nicht auf diese neue Schule mit ihren schönen lichtdurchfluteten Räumen. Die Schule nämlich, wo keine YumYum hingeht. (Aber wo auf einmal die Kotzbrocken in meiner Klasse waren.) Die Schule, die außerhalb der Reichweite der Walkie-Talkies lag.

Alte Schule ← 2 km → alte Wohnung ← 6 km → neue Wohnung ← 2,5 km → neue Schule = Entfernung 10,5 km. Reichweite aber nur 9 km!!!

Wie Mama ein superschlechtes Gewissen hatte deswegen. Wie sie für mich gekämpft hatte, dass ich auf der alten Schule bleiben kann. Mit Umsteigen hätte der Weg 46 Minuten gedauert. Aber die vom Amt meinten: Nö.

Wie Mama mit mir am ersten Tag zusammen bei der Schuldirektorin war. Und wir danach draußen auf dem Pausenhof erst mal Trost-Snacks verdrückt haben. Kaffee und Schokoriegel für Mama, Kakao und Schokoriegel für mich. Wie wir eine Liste gemacht haben in ihr Handy:

Pluspunkte neue Schule:

- Altbau (nicht so 'n Betonklopper wie die alte Schule)
- hohe Fenster (nicht so dunkel wie die alte Schule)
- Cafeteria (nicht nur Kiosk)
- schöner Pausenhof (nicht nur so eine Betonwüste)
- gute Bücherei
- gute belegte Brötchen (auch vegetarisch und vegan)
- Kaffee okay
- Kakao sehr gut

Wie ich auf die Minuspunkte-Liste geschrieben habe:

- keine YumYum

Und das schwerer wog als alle Pluspunkte von oben.

VIER (IMMER, IMMER NOCH)

Nach den Sommerferien gehen wir aufs Gymnasium. Papa und YumYums Mutter haben es hinbekommen, dass wir in dieselbe Klasse kommen. Das Gymnasium liegt genau zwischen unseren Wohnungen. Das Amt so: Na ja, gut. Wenn es unbedingt sein muss. Augenroll.

YumYum ← 3,1 km → Gymnasium ← 2,9 km → Toni-Peperoni

Wir freuen uns beide wahnsinnig, aber ich freue mich noch ein bisschen mehr, weil ich die Kotzbrocken dann hoffentlich auch los bin.

YumYum gähnt, und ich bin auch müde, und ich frage mich, wie viele Minuten wir noch rumbekommen müssen, bis Zanna wiederkommt. Sechzig? Fünfzig? Zack: Idee im Kopf:

»Wenn wir jetzt alles doppelt so schnell machen wie sonst, vergeht die Zeit vielleicht auch doppelt so schnell!«

»GuterPlan.Versuchwert.« ← YumYum spricht gleich doppelt so schnell und bekommt Bewegeritis.

»Aberwirmüssenleisesein.«

Dann eumeln wir in Doppelgeschwindigkeit durch die Zeit und durch den Garten, stolpern über Zeltschnüre, haben stille Lachanfälle: von wegen Hering, was für ein komischer Name für den Metallhaken, mit dem du die Zeltschnur in den Boden steckst. Von der Doppelgeschwindigkeit bin ich irgendwann außer Atem und brauche 'ne Pause. Erst mal Treibstoff tanken: Mund auf, Limo rein. Mein Zeitgefühl hat sich mittlerweile ganz verabschiedet: Ich mach mal so, Klopfklopf. Tschüssikowski. Bis Dannomanski. Auf Wiedersehnski. Adieusen. Euroviderci. Echt kein Plan mehr, wie viele Minuten schon vergangen sind. Das Radio ist still.

»Vielleicht war es ein Denkfehler, und wir müssen alles ganz langsam machen, damit währenddessen mehr Zeit vergehen kann?«

»Duuuuuuuu haaaaaaassst reeeeeeeeechhhht!« ← YumYum im Faultiermodus.

Wir fallen sofort in die Zeitlupe. Wir spielen 'ne Runde superlangsamen Unsichtbarkeitsfußball. Dabei stellst du dir den Ball nur vor. Faultier-Elfmeterschießen bei der WM. Unsere Augen haben jetzt Maulwurfoptik erreicht: Wir sehen auch im Dunkeln. Wir schießen in Zeitlupe, wir treffen in Zeitlupe. (YumYum macht sogar den Gesichtsausdruck in Zeitlupe. Richtig gut.) Wir gewinnen das Zeitlupen-Finale! Dann üben wir einen neuen Tanz von einem Video aus dem Internet, YumYum kann die Schritte schon und zeigt mir, wo die Hände und Füße zu welcher Zählzeit hinmüssen. Ich erfinde neue Posen dazu und geb denen Namen: *Doppelter Wobbelberger. Raketenarme. Hortensienhocke. Pommesgott.* Und YumYum lacht sich schlapp. Und zwischendurch natürlich immer wieder zum kosmischen Radio, checken, ob Empfang ist:

»Hallo, Zanna! Bitte kommen.«

»Zanna! Bist du da?«

»Zaaaaaaaannnnaaaaaaaaaaaaaaaaa biiiiiiiiiiiiiiiiiittttteeeeeeeeeeee kommmmmmmmmmmmmmeeeeeeennnnnn.«

Irgendwann trauen wir uns nicht mehr vom kosmischen Radio weg, weil wir Schiss haben, dass Zanna genau dann funkt und wir es nicht mitbekommen.

Wird auch langsam wieder Zeit für Snacks. Der Zuckerschock lässt nach. Weiß nicht, was ich naschen soll. Wenn zu viel Auswahl ist, hab ich manchmal eine Sperre im Kopf. Kennst du das? Komplette Überforderung. Ich mache Snackmagendialog: Gehirn an Snackmagen, süß oder salzig? Snackmagen an Gehirn: Süß! Gehirn an Snackmagen: Lakritzschnecken oder Vampire? Snackmagen an Gehirn: Weiße Mäuse. Gehirn an Snackmagen: Roger, over and out.

Ich taste mich durch die Snacklandschaft, bis ich die Mäusetüte erwischt habe.

Mama hatte mir mal eine Weiße-Mäuse-Kette zum Geburtstag gemacht. Da war ich erst fünf oder sechs. Noch in der alten Wohnung jedenfalls. (»Mäuse für die Naschkatze!« ← Zitat Mama.)

Snackmagen an Gehirn: Wo bleiben die Mäuse? Gehirn an Snackmagen: Ich bin so traurig wegen Mama gerade, ich kann doch keine Mäuse essen. So sorry, deine Naschkatze. Ich stecke die Schaummaus zurück. Hat sie noch mal Glück gehabt.

YumYum liegt neben dem Radio, wippt mit den Füßen und guckt Sterne.

TONIS NOTIZBUCH

Wie ich ein paar Tage nach DEM GESPRÄCH auf Mamas Tablet heimlich die Worte »Schwarzer Hautkrebs« und »Metastasen« gegoogelt hatte. Und »Lebenserwartung mit malignem Melanom«.

Wie ich nur Bahnhof verstand, aber wusste, dass das alles nicht gut ausgehen würde. Wie Mama mit dem Tablet abends in mein Zimmer kam zum Gutenachtsagen. Wie sie mir sagte, ich hätte die Tabs nicht geschlossen und mich einfach umärmelt hat. Wie wir dann zusammen gegoogelt haben. Und sie mir erklärt hat, was *palliativ* bedeutet. (Nichts-mehr-zu-machen-Therapie, außer den Schmerz wegnehmen.) Wie sie mir dann zum Trost die Gutenachtgeschichte erzählte, aber ich nicht zuhören konnte, weil der Krebs durch meinen Kopf spukte.

VIER (IMMER, IMMER, IMMER NOCH)

YumYum knipst die Taschenlampe an und kontrolliert noch mal das Radio. Rotes Lämpchen leuchtet. Walkie-Talkies sind mit dem Gerät verbunden.

»Zanna, bitte kommen.«

Wir lauschen. Wir hörcn Sommergrillen. Wir hören dumpfe Bässe aus einem Auto irgendwo. Wir hören drüben bei den Nachbarn eine Katze maunzen. Wir hören keine Antwort von Zanna. Geduld ist ja gar nicht mein Ding, wie du vielleicht schon gemerkt hast.

»Was macht ihr eigentlich in den Sommerferien?«, fragt YumYum.

»Ist noch nicht raus. Ist ja alles anders jetzt.«

»Ja.«

»Vielleicht bin ich zwei Wochen bei Oma und Opa. Und du?«

»Mein Vater will ...«

Krchk-Geräusche!

Sofort sind wir mucksmäuschenstill. Wir starren auf das kosmische Radio. Wir saugen ihm die Funkwellen aus dem Leib. Komm schon, Zanna. Wir nehmen die Walkie-Talkies in die Hände. Wir sind bereit.

»Zanna, bist du da?«

»Hallo? Zanna?«

Es rauscht und knackst wieder. Dann krisselt es und plötzlich:

»...umYum ... Ton... ...itte kommen. Do ...u ... copy?«

Endlich. Endlich! END! LICH!

»Wi kopih!«

»Ich …reue mich!«

»Und wir uns erst.«

»Schöne Grüße vom Polarkreis und vom Himalaya!«

Plötzlich hören wir, wie die Balkontür aufgeht und Papa rauskommt. Wir machen blitzschnell die Taschenlampen aus und sind schockgefroren, wie so zwei kleine Himbeeren in einem Müsli. Oder wie ein Video, das hängen bleibt, weil leider kein Netzempfang. Wir sind zwei Frosties, wir atmen nicht mal mehr, aus Angst, Papa könnte uns entdecken mit dem Gerät und den Snacks. Und irgendwie fühlt es sich so an, als sei es unausweichlich. Ganz logisch. Dass er uns eigentlich schon entdeckt hat. Ich bereite mich innerlich schon auf das Schimpfen vor. Papa telefoniert und bleibt an der Tür stehen, seine Stimme kommt jedenfalls nicht näher.

»Zanna. Mein Papa. Pscht.« Funke ich leise.

»Wer?«

»Mein Papa. Wir müssen kurz still sein«, flüstere ich.

Zanna flüstert: *»Roger.«*

»Er telefoniert mit meiner Mutter«, wispert YumYum superleise.

Und Papa währenddessen im Hintergrund von der Terrasse:

»Mwoppwhopwhopwhopp … Ja, natürlich schlafen die beiden schon. Schon längst. Ich kann auch draußen im Zelt nochmals nachsehen, wenn Sie das möchten … Was? … Nein, natürlich nicht draußen, nebenan meinte ich. Draußen im Sinne von nicht hier im Wohnzimmer, sondern … was? Nein! Nebenan. Nebenan im Kinderzimmer. Ob was? Ja selbstverständlich schlafen die beiden drinnen. Im Zelt, im Zimmer, es ist ein Spielzelt, das, das steht drinnen, ja ein Spielzelt im Kinderzimmer wiebitte? Mhm. Mhm. Ja, whopmopwhop, jawhop … Natürlich. Da müssen Sie sich keine Wmopwmopwmopmopwop …«

Papa macht die Terrassentür wieder zu, wir hören ihn nicht mehr. Ich finde es so cool, wie er für YumYum flunkert. Ihre Mutter würde es nie erlauben, dass wir beide alleine hier draußen im Garten im Zelt schlafen.

»Meine Mutter, ey ...«

»Kontrolletti.«

»*Ist er weg?*«, fragt Zanna.

»Ja!«

»*Was ist mit deiner Mutter?*«

»Meine Mutter ist echt anstrengend. Sie ist so streng und manchmal richtig langweilig. Ich darf gar nichts, irgendwie ... Und sie kann auch keine Augenlollis oder Gedärmetorten.« YumYum klingt echt enttäuscht.

»*Das muss sie ja auch nicht.*«

»Ihre Stimmungen schwanken wie Aprilwetter, keine Ahnung. Du denkst, alles ist in Ordnung und du hast alles richtig gemacht, und dann knallt ihr trotzdem die Sicherung durch, und es hagelt auf einmal Verbote. Sie will, dass ich gut bin in der Schule. Immer macht sie sich Sorgen, dass ich es nicht schaffen werde. Nichts darf ich. Nicht mal Süßigkeiten. Sie arbeitet und ist alleinerziehend, und ich soll es mal besser haben, sagt sie.«

»*Das ist doch gut.*«

»Joa. Aber immer hat sie Angst, dass mir was passiert. Und manchmal möchte ich gerne, dass mir was passiert, irgendwas, ein Abenteuer, so wie jetzt. Verstehst du?«

»*Ja.*«

Mit YumYums Mutter zu sprechen ist, wie mit einem Berg oder mit einem Kühlschrank zu sprechen. YumYums Mutter ist ganz bis obenhin voll mit Angst. Ständig glaubt sie, uns passiert irgendetwas. Ständig sieht sie nur das Schlechteste. Du willst zum Beispiel mit dem Bus in die Stadt in die große Bibliothek, und dann kommen erst mal stundenlange Vorträge darüber, wo überall Gefahren lauern, welche Parks und welche Gebüsche gefährlich sind, sodass du dich am Ende ganz unwohl fühlst und immer denkst, du machst einen Fehler, obwohl du alles richtig machst. YumYums Mutter hat eine App auf YumYums Telefon installiert, mit der sie jede Bewegung sehen kann, also immer genau weiß, wo YumYum gerade ist oder war. Ich verstehe schon, dass ihre Mutter sich sorgt, es schwerer hat, weil sie YumYum alleine großzieht und viel arbeitet und alles alleine schaffen muss. ABER: ich habe immer das Gefühl, unter ihrer Kontrolle zu ersticken. Und wenn MIR das schon so geht, wie soll es da erst YumYum gehen? Ich meine…

Sind deine Eltern auch ein Kontrollkühlschrank? Oder lassen sie dir genug Raum, um herauszufinden, was du schon alleine kannst? Ermutigen sie dich, oder sind sie so wie YumYums Mutter? Ich glaube, deswegen ist YumYum schon immer so gerne bei uns gewesen. Bei uns kann sie so sein, wie sie ist.

Als wir vor drei Jahren aus dem Hochhaus weggezogen sind, haben YumYum und ich wochenlang gemault, gewütet und geweint, weil wir uns nicht vorstellen konnten, nicht mehr so nah beieinander zu wohnen. Nicht mehr mal eben rübergehen zu können. Getrennt zu werden. Weil: Wir haben ja alles zusammen gemacht. Aber Mama wollte raus aus dem Hochhaus, wollte einen Garten, und irgendwann hieß es auf einmal beim Abendbrot: »Toni, wir müssen dir was sagen. Wir ziehen um.« Und ich war richtig wütend, weil Mama und Papa das einfach so entschieden hatten, ohne mich zu fragen und ohne dass ich das neue Zuhause gesehen hatte. Ich hab mein Brot auf den Teller geklatscht vor Wut. Mama meinte, es musste schnell gehen, es war keine Zeit, sonst wäre die Wohnung weg gewesen. Sie hätten einfach sofort zusagen müssen. Eine Supergelegenheit. Ein Glücksfall. Mit Garten! Ob ich überhaupt wüsste, was auf dem Wohnungsmarkt los wäre. Wusste ich nicht. Wusste ja nicht mal, dass es einen Markt für Wohnungen gibt. Papa meinte, es war reinstes Glück und die Wohnung ein Traum und die Miete ein Schnäppchen. Und so war es dann auch. Und jetzt wohnen wir in diesem Traum von einem Schnäppchen von Mietwohnung, und im Garten blühen noch Mamas Hortensien und Mamas Fingerhüte, in denen nachts die Hummeln schlafen. YumYum liebt die neue Wohnung und ist so oft hier, wie sie kann. Sie hat sogar 'nen eigenen Schlüssel, klingelt aber trotzdem immer. YumYum ist für mich wie eine Schwester. Und genau, als ich das denke, fragt Zanna sie:

»Hast du noch Geschwister?«

Und YumYum antwortet:

»Nee. Doch: Toni! Toni haben ist wie Geschwister haben.«

Und da taut mein Herz ein bisschen.

»Und dein Vater?«

»Wohnt ganz woanders.«

YumYums Vater ist so eine eigene Nummer. Ich nenne ihn nur *Monsieur Moustache.* (Das ist Französisch und heißt *Herr Schnurrbart.* Es wird so ausgesprochen: Missjöh Muhsstahsch.) Ich habe ihn erst zweimal in echt gesehen (sonst nur auf Fotos), und in seinem Gesicht trägt er – Überraschung – einen Schnurrbart. Einmal hat er YumYum in den Sommerferien zu uns gebracht, als ich gerade mit Mama und Papa am Meer zelten war. Eigentlich wollte er mit YumYum verreisen, Mittelmeer oder so, ist aber was dazwischengekommen. Da hat Mama gesagt, sie soll doch zu uns ans Meer kommen, und da hat er sie gebracht. In einem Auto, bei dem du schon siehst, dass für Kinder kein Platz ist in seinem Leben. YumYum und ich haben noch nicht rausgefunden, was er eigentlich genau arbeitet. Er sagt: *Mal dies, mal das.* Mehr irgendwas, eigentlich. Irgendwas mit Internet und Ausland. Und immer sagt er, er stehe kurz vor dem Durchbruch. Aber Unterhalt zahlt er trotzdem nicht, sagt YumYums Mutter. Und regelmäßiges Taschengeld auch nicht. Kommt auch immer was dazwischen. Aber in den Sommerferien ballert er sie dann zu mit Eis und Urlaub und Sachen, die YumYum gar nicht will. Und dann nennt er sie »mein Einstein«, weil YumYum so monsterklug ist. Und er sagt, dass das ja wohl dann seine Gene sein müssen. Und YumYum antwortet: »Offensichtlich nicht!« Sie hat erst geglaubt, dass er ihr Vater ist, als sie heimlich letztes Jahr den DNA-Test gelesen hat, den ihre Mutter in der Schublade mit den wichtigen Unterlagen aufbewahrt. (DNA = Desoxyribonukleinsäure, das sind so Minispiralen in all deinen Zellkernen, die sehen aus wie winzige Wendeltreppen, die aus kleinen Erbgutbausteinchen gemacht sind. Und bei jeder Person haben sie andere Reihenfolgen. Du kannst daran ablesen, ob du braune Augen hast oder blaue, zum Beispiel. Und wer deine Verwandten sind. Weil die DNA bekommst du von deinen biologischen Eltern, die Hälfte von der einen, die Hälfte von der anderen Person. Darin ist alle Information über deine Zellen enthalten …) ← Komplizierte Sache jedenfalls.

Das andere Mal, dass ich YumYums Vater in echt gesehen habe, war an ihrem achten Geburtstag. Da stand er plötzlich vor der Tür und roch nach Zigarette. YumYums Mutter wurde in einer Sekunde von Kühlschrank zu Gefriertruhe, und er hatte einen Chemiebaukasten dabei als Geschenk und wollte jetzt Applaus von wegen bester Vater der Welt. Frage: Wie sehr kann sich bei Monsieur Moustache alles um ihn selber drehen? Antwort: Ja.

»*Siehst du ihn regelmäßig?*«, fragt Zanna zögerlich.

»In den Sommerferien«, antwortet YumYum.

»*Fehlt er dir?*«

»Nö. Manchmal. Ich kenne ihn gar nicht richtig. Mama und ich waren schon immer zu zweit. Er hat mich halt gemacht. Ich hab einfach nur seine DNA.«

»*Verstehe.*«

Keine Ahnung, wie das bei dir so ist mit den Eltern und wie viele du davon hast, aber eigentlich denke ich gerade: Es kann ganz schön kompliziert und wild sein. Und traurig. Und enttäuschend. Aber auch schön. So wie es bei Mama, Papa und mir einmal war. Auch wenn es manchmal Stress und Streit gab.

TONIS NOTIZBUCH

Der schlimmste Streit mit Mama: Vor drei Jahren.

Dauer: 3 Wochen.

Thema: Umzug.

Wie ich gesagt habe, dass ich in der alten Wohnung bleibe und dass ich sie hasse, dass ich nicht mehr will, dass sie meine Eltern sind, und dass ich zu YumYum ziehe. Wie Mama und ich uns richtig angebrüllt haben. Wie Papa meinte, ob wir uns bitte beruhigen könnten, er würde gerne in Ruhe Abendbrot essen. Und ich dann gesagt habe, gleich seid ihr mich los.

Wie ich YumYum vom Zimmer aus mit dem WalkieTalkie angefunkt habe, aber sie nicht geantwortet hat. Wie ich mein Bettzeug und das Walkie-Talkie mitgenommen habe und gesagt habe, ich schlafe jetzt unten auf dem Spielplatz. Und wie Mama gebrüllt hat: Mach doch! Wie ich mir unten auf dem Spielplatz in einem Holzspielhaus mein Nest gebaut habe und voll Schiss hatte vor den Jugendlichen, die ankamen und auf der Tischtennisplatte Bier tranken und rauchten. Wie ich YumYum endlich erreicht habe auf dem Walkie-Talkie und ihr alles erzählt habe: Dass Mama und Papa wegziehen und ich ab jetzt auf dem Spielplatz wohne. Wie Mama kurz danach runterkam zum Häuschen und Kakao dabeihatte. Wie sie gesagt hat: Ding Dong, darf ich reinkommen, Toni-Peperoni? Und wir dann zu zweit im Spielplatz-Häuschen saßen, voll die Zusammenquetschung, und Kakao getrunken haben. Wie Mama sich entschuldigt hat dafür, dass sie das einfach so entschieden haben mit dem Umzug. Wie sie gesagt hat, dass sie wünschte, ich hätte mehr Vertrauen in sie, weil die Wohnung wirklich schön sei. Altbau. Und dass YumYum auch einen Schlüssel bekommt. Und dass wir einander weiterhin ganz viel sehen können. Und dass die Reichweite vom Walkie-Talkie ausreicht zwischen der neuen Wohnung und dem Hochhaus und dass wir das gleich am Wochenende ausprobieren. Wie ich das alles nicht geglaubt hab' und trotzdem mit Mama wieder hoch bin, aber noch drei Wochen lang ganz kaputt war innen drin und mit ihr immer wieder gestritten habe. Natürlich wusste ich, dass Mama gerne wegwollte aus dem Hochhaus. Aber es war immer nur so eine Idee, nicht ein Datum. So wie eine Reise ins *Gardaland* immer eine Idee war und wir nie hin sind.

Wie der Streit nach drei Wochen aufgehört hat, nachdem ich das *Nein-Land* ausgerufen hatte. Und Mama dann das *Ja-Land* im Rest der Wohnung und wir lachen mussten über uns. Jetzt wünschte ich, wir hätten gar nicht gestritten. Was für eine Zeitverschwendung.

DREI

»Zanna. Glaubst du, ich könnte schuld sein an Mamas Krankheit?«

»Was? Nein! Natürlich nicht. Toni, es gibt so viele Gründe, warum ein Mensch krank werden kann. Das kann mit Veranlagung und Genen zu tun haben. Mit Umwelteinflüssen. Und dann kommt manchmal auch einfach Pech dazu. Du hast keine Schuld, niemand hat das.«

»Sie hat nicht geraucht und immer Schutzfaktor draufgehabt. Sie hat vegetarisch gegessen und immer gesund gekocht. Bis auf die Gedärmetorten und Augenlollis. Vielleicht hab ich zu viel Ärger gemacht? Warum ist sie sonst krank geworden?«

»Das weiß ich nicht. Was ich aber weiß, ist, dass du keine Schuld daran hast.«

»Hast du eigentlich Kinder, Zanna?«, fragt YumYum.

»Nein, leider nicht. Ich würde sie hier oben wohl auch sehr vermissen.«

»Was vermisst du denn noch?«, will ich wissen.

»Sehr vieles.«

»Zum Beispiel?«

»Chips. Ich weiß, glaub ich, gar nicht mehr, wie die schmecken.«

»Wie kann man das vergessen!?« Ich meine: Hallo? »Ich sag es dir.«

Sofort lange ich in die Tüte mit den ungarischen Chips – nur aus Forschungszwecken natürlich. YumYum forscht mit. Feinedamemäßig nehmen wir die Chips zwischen Zeigefinger und Daumen und spreizen die anderen Finger ab.

»Hast du eine Lieblingssorte?«, frage ich Zanna.

»*Einfach mit Paprika.*«

»Ich auch!« ← Mit einer Astronautin was gemeinsam haben.

Wir knuspern mit Absicht ins kosmische Radio. Wir kauen und schmatzen. Wir sind Vollprofis im Chipsessen. Wir wollen, dass Zanna es nicht mehr vermisst.

»*Oh, da läuft mir aber das Wasser im Mund zusammen!*«

»Dass sie knusprig sind, ist das Wichtigste. Und nicht zu dick.« Ist meine Meinung. Und ich hab mit Mama wirklich schon sehr viele Chipssorten probiert.

»*Was schmeckt ihr?*«

»Ich schmecke das Eckige, Spitze, Kartoffelige mit scharfen Gewürzen.« Sagt YumYum, als wäre sie von Beruf Chipskritikerin.

»Ich schmecke das Komm-und-iss-noch-mehr. Das, was dich nicht aufhören lässt, bis die Tüte leer ist.« Sage ich mit einer Erwachsenensprechstimme.

YumYum grinst. Und jetzt türmen wir alles aufeinander drauf, was wir schmecken können:

»Das Ich-bin-süchtig-nach-dir.«

»Das ein bisschen Süße.«

»Das Salzig-Fettige.«

»Das Ich-tröste-dich-sofort.«

»Das Njomnjomnjom.«

»Das Knusperknickknackige.«

»Das Wir-haben-schon-Zähne-geputzt-und-essen-heimlich-Chips-im-Garten.«

»Das Wenn-meine-Mutter-das-wüsste-würde-sie-ausflippen.«

»Ich schmecke das Zum-Glück-haben-wir-zwei-Tüten-Gefühl.«

»Und ich das Noch-besser-sind-nur-YUMYUM-mit-Garnelen-Geschmack.«

Zanna lacht.

»*Jetzt kann ich mir das sehr gut vorstellen. Ihr beide seid im Garten draußen?*«

»Ja, wir dürfen heute im Zelt schlafen.«

»Mit Schlafsäcken.«

»*Und ihr habt Chips dabei.*«

»Und Marshmallows und Saure Pommes und ...«

»YUMYUM und Schokoriegel und Flips und ...«

»Lakritzschnecken und Ufos. Aber alles heimlich. Papa weiß nix davon.«

»Ist unser ganzes Taschengeld für draufgegangen.«

»Was vermisst du noch, Zanna?«, frage ich, weil ich nicht glauben kann, dass Chips das Einzige sind, was eine Astronautin im Weltraum vermissen kann, nach sooo vielen Tagen da oben auf dieser Raumstation ... Es rauscht und knackt, und dann legt Zanna los:

»*Ich vermisse natürlich alle meine Liebsten sehr. Ich vermisse die Schwerkraft, ein bisschen. Von hier oben sehe ich auf die schöne Erde, sie ist wirklich so blau, wie man es immer auf den Bildern sieht. Sie leuchtet unfassbar schön in diesem großen, dunklen Weltraum, von dem wir erst so wenig kennen und über den wir so wenig wissen. Die Erde dreht sich unablässig unter mir, und ich sehe die Ozeane, Kontinente, Berge, die Wälder, Seen und Flüsse ... Alles wirkt so kostbar und irgendwie verletzlich ... Ich vermisse Empfindungen, wie den Sommerwind auf der Haut und das Gefühl von warmem Sand unter den Füßen nach dem Schwimmen im Meer.«*

»Ich auch!«

»Was noch?«

»Ich vermisse es, mich treiben zu lassen auf der Wasseroberfläche oder Fische zu beobachten.«

»Ich hab 'ne Taucherbrille mit Schnorchel.«

»Ach, wisst ihr, ich vermisse einfach die Natur in ihrer ganzen Vielfältigkeit, alles, was sie sich auf der Erde so ausgedacht hat. Die Wälder mit ihren Bäumen, Ästen, Zweigen und Blättern. Zapfen und Kapseln, Farnen und Moosen, Kräutern und Pilzen. Ich vermisse Blumen und Blüten, Früchte und Samen. Alles, was grünt und wächst und blüht, platzt und rauschen kann im Wind.«

Zanna voll poetisch. Das hätte Mama gefallen, aber wahrscheinlich hätte sie jetzt Beatbox-Geräusche dazu gemacht.

»Und die Tiere? Was ist mit denen? Vermisst du die auch??«

»Na, was denkt ihr denn!? Ich vermisse alles, was krabbelt, kreucht und fleucht.«

Was kreucht und fleucht denn bitte? SPINNEN!?! Sie macht schon weiter. Zanna ist in Fahrt. Ich beatboxe leise dazu. YumYum hält sich die Hand vor den Mund.

»Was geht und läuft, galoppiert und strolcht. Alles, was schwimmt und schwebt, fliegt und klebt. Mit Kiemen und Rüsseln. Panzern und Schuppen. Mit Flossen, Flügeln, Fühlern, Stacheln und Borsten, Federn und Fell. Dicke Häute, dünne Häute. Mit Härchen und Tentakeln. Mit Saugnäpfen und Leuchtfarben. Gerade, gebogene und geringelte Hörner. Pranken, Hufen, Tatzen und Krallen. Schnäbeln und Saugern, Reißzähnen, Stoßzähnen, solche, die nachwachsen, und solche, die ausfallen.«

YumYum und ich müssen lachen, Zanna ist voll in Fahrt. Papa würde es lieben von wegen, wenn die Natur ruft, ruft die Natur. Frage: Wie sehr kann eine Astronautin die Erde vermissen? Antwort: Kreucht und fleucht.

Wir machen alle Zähne und Krallen und Schuppen nach, die uns einfallen. Wir fletschen die Tatzen und fahren unsere Zähne aus. Wir sträuben unsere Tentakel und tasten saugend mit unseren Härchen. Wir haben geringelte Hörner bis zur ISS.

»*Ich vermisse die Bienen, die Schmetterlinge, Vögel und Maulwürfe, die Kühe und Kälber, Katzen und Hunde, Elefanten und Pferde, Zaunkönige und Igel. Ach, ich vermisse einfach alles Getier, selbst die Zecken und Spinnen vermisse ich hier.*«

»ZECKEN!?« ← YumYum und ich mal wieder gleichzeitig.

Sie vermisst Zecken? Wie kann man die bitte vermissen? Zanna ist komplett erdvermissungskrank.

»Okay?«

»Ich vermisse Geräusche. Das Sirrende, Singende, Donnernde, Schwingende, seltsam Klingende. Das Zischen und Brausen, Flirren und Sausen. Das Laute und Leise. Das Plätschern vom Regen und Jaulen vom Wind. Wellen, die an Ufern lecken. Meere, die an Felsen schlagen. Flüsse, die rauschen, Bäche, die glucksen. Eis, das kracht. Die Stille der Nacht. Feuer, wenn es knistert, meine Kaffeemaschine, wenn sie röchelt. Meinen Freund, wenn er schnarcht. Die Vögel am Morgen. Ja, selbst den Straßenlärm, das Hupen Ungeduldiger vermisse ich. Und, ach, Gerüche, die vermisse ich natürlich auch. Wie der Sommer riecht nach einem Regenguss. Wie der Frühling riecht neben einem blühenden Flieder. Der Herbst in einem Wald voller Pilze. Der Winter nach Zimt und Zauber. Das indische Essen vom Restaurant gegenüber. Das Parfüm einer Freundin, frisch gewaschene Bettwäsche. Ein frisch gebackenes Brot. Kaffee. Ofenwarmer Schokoladenkuchen. Ein Morgen, ganz frisch und unangeknackt. Ich vermisse Gesellschaft, und ich vermisse es, allein zu sein. Ich vermisse guten, tiefen Schlaf und das Gefühl, nach einem langen Tag einfach ins Bett fallen zu können. Eine lange Dusche, das Gefühl von Wasser auf der Haut! Oder besser noch: Baden. Ich vermisse Gras unter meinen Füßen, wie fühlt sich das noch mal an? Ich hab es vergessen.«

Okay. Wow. Das ist mal eine amtliche Vermissung, würde ich sagen. Das ist ja eine Liebeserklärung an das komplette Leben. YumYum und ich sind beide baff.

»Wie sich Gras unter den Füßen anfühlt?«

»Ja! Könnt ihr mir das sagen?«

»Klar.«

»Sofort.«

YumYum geht ein paar Schritte um das Zelt herum. Gras-unter-den-Füßen-Gefühl-Forscherin bei der Arbeit. Ich halte meine Füße einfach neben den Schlafsack, zu faul aufzustehen, und greife mit meinen Zehen in die Halme hinein. Gut fühlt es sich an. Nach Verbundensein. Ich hatte mal eine Zecke hinterm Ohr. Hat Mama mir rausgedreht. Warum muss es so etwas wie Zecken geben? Siehst du, mein Kopf will immer irgendwie zurück zu Mama.

»*Und? Wie ist es?*«

»Kitzelig kalt.«

»Halmig weich.«

Und jetzt türmen wir wieder unsere Worte auf, damit sie bis zu Zanna hoch in die Raumstation reichen. Damit sie das Gras nicht so sehr vermissen muss, bauen wir ihr eine *Wie-sich-das-Gras-unter-den-nackten-Füßen-anfühlt*-Brücke. Das ist wie eine Sternschnuppe bei der Mamavermissung, nur mit Worten und andersrum. Verstehst du?

»Kleeblättrig.«

»Moosig feucht.«

»Kratzig und hart, an dieser Stelle.«

»Lebendig, so als sagte die Erde Hallo.«

»Hallo, Füße!«

»Hallo, Gras!«

»Hallo, Abendtau.«

»Hallo, Schneckenschleim.«

»*Ihhh!*«

»Hallo, Maulwurfshügel.«

»Hallo, Hasenkacke.«

»Hallo, Spinnweben.«

»Hahaha, ist gut, ich kann es mir wieder vorstellen.«

»Was vermisst du noch da oben in deiner Raumstation?«

»Erzählt mir, was ihr riecht.«

»Saure Pommes«, sage ich. Hab gerade die Nase in der Tüte mit den Sauren Pommes, bin nämlich im Dauersnackmodus angekommen: Immer abwechselnd salzig-süß-salzig-süß.

YumYum saugt die Luft durch die Nase ein wie ein Staubsauger und sagt:

»Den Abend. Ich rieche den Abend.«

»Die Nacht!«, korrigiere ich.

»Wonach riecht sie?«

»Nach Sommer.«

»Nach irgendwelchen Blüten.«

»Ja! Zitronig irgendwie.«

»Das sind die Sauren Pommes.«

»Nein, das kommt von da drüben.«

»Ich rieche die Sterne.«

»Ich rieche Zeit.«

»Das Wochenende.«

»Das Bald-sind-Ferien.«

»Meine Hände riechen nach Chips.«

»Meine Füße nach Rasen.«

»Deine Haare nach Banane. Riech doch mal!«

»Dein Ellenbogen nach Kakao!

»Haha.«

Wie soll ich bitte an meinen Haaren riechen? Die sind ja noch voll kurz. Meine Nase kommt da nicht ran!

TONIS NOTIZBUCH

Wie Mama die Chemotherapie nicht vertragen hat und immer spucken musste. Wie sie nichts mehr gerochen hat und für sie alles nach Metall schmeckte. Wie Mama die Haare büschelweise ausfielen. Wie ich ihr erst einen Zopf machen, die Haare abschneiden und dann abrasieren durfte. Ging voll leicht mit Papas Kurzhaarrasierer. Wie ich mir danach auch meine Haare abrasiert habe (ging voll schwer, weil ich hinten nicht drankam und der Rasierer sich ständig verhedderte) und Papa mir helfen musste. Der Rasierer so: RrrrrrrRRRRRrrrRRRRRRRRR RRRRrrrrrRRRRRRRRRRRRrrRRrrRrRRrRrrRRrRrR, wie ein kleines Tier, das sich in meinen Haaren verbissen hatte.

Wie Papa sich am nächsten Tag auch eine Glatze gemacht hat, weil er meinte, er fühle sich sonst so ausgeschlossen. Wie wir dann eine Glatzenfamilie waren. Wie wir uns gegenseitig mit Federn, Pinseln und so einem chinesischen Drahtdingsi über den Kopf gestrichen haben, weil sich das so schön angefühlt hat. Wie die Kotzbrocken in der Schule gelästert haben über meine neue Anti-Frisur und keine Ahnung hatten, was bei mir zu Hause abgeht.

ZWEI

Was riechst denn du da oben, wollen wir wissen, und Zanna lacht, dann sagt sie:

»Plastik. Und … Äh: meinen Furz.«

»Man kann im Weltraum furzen!?«

»Na klar. Man kann auch rülpsen.«

Hahahahaha. Nur lüften geht halt nicht. Wir giggeln und laden Zanna ein, mal bei unserem Rülpswettbewerb mitzumachen, wenn sie wieder auf der Erde ist. Und sie sagt, dass wir ihr unbedingt eine Nachricht schreiben sollen. Sie komme aber erst in zwei Monaten wieder, mit einer Kapsel, die dann im Meer landet. Und dann müsse sie erst wieder die Schwerkraft lernen. Ich sage, dass sie ja Mamas Rollstuhl haben kann, weil den braucht Mama ja nicht mehr. Ich glaube, das hätte sie cool gefunden.

»Kann man im Weltraum auch Nasenbluten bekommen?«, will YumYum wissen.

»Ja, nur fallen die Tropfen nicht runter, sondern schweben in der Luft.

Dann muss man sich einen Nasenstopfen machen und die Tropfen in der Raumstation einfa…«

Es knackt und knistert ganz kurz im kosmischen Radio, und für einen Augenblick haben wir Zanna verloren. Sie antwortet nicht auf unsere Fragen. Kurz steigt Panik auf, aber dann knistert es, und Zanna Owerandout ist wieder da. Juhu.

»Ich stell mir das alles so cool vor in der Schwerelosigkeit.«

»Ist es auch. Ich stehe gerade auf dem Kopf. Von euch aus gesehen.«

»Glaubst du, dass es außerirdisches Leben gibt?«

»Du meinst so Aliens? Wie E. T. oder Klingonen?«

»Ja. Oder Totoro.«

»Totoro ist doch kein Außerirdischer!« ← YumYum mit Augenrollen.

»Kennst du Totoro?«

»Nein. Wer ist das?«

»Ein Geisterwesen. Er ist ganz friedlich und hat einen Katzenbus. Der Bus ist eine echte Katze und von innen hohl, und du kannst ganz kuschelig drin sitzen und durch die Luft fliegen. So wie du jetzt.«

Es knackt und krisselt wieder aus dem Radio.

TONIS NOTIZBUCH

Wie Mama und ich noch einmal zusammen im Bett *Mein Nachbar Totoro* geguckt haben. Sie mit Glatze und ich mit kurzen Haaren unter unseren Mützen (meine waren nachgewachsen, ihre nicht), und sie Astronautinnennahrung (durch einen Schlauch in ihren Arm rein) bekommen hat, mit ganz vielen Kalorien. Wie ich beim Gucken wie immer an der Stelle geweint habe, an der Saki denkt, dass ihre Mutter stirbt. Wie Mama meinen Kopf geküsst und gesagt hat: *Sie schafft es, Toni, sie schafft es.* Und ich gesagt hab: *Ich weiß. Du auch, du auch, Mama,* und sie dann geweint hat. Ganz still, nur Tränentropfenstraßen, kein Geräusch dazu und keine Bewegung, damit ich es nicht merke.

ZWEI (IMMER NOCH)

»So was gibt's nicht, oder? Aliens?« YumYum klingt ein bisschen ängstlich, als sie das fragt.

»Bis jetzt haben wir sie zumindest noch nicht entdeckt. Ob es da draußen noch anderes Leben gibt? So gigantisch groß, wie der Weltraum ist, kann ich mir einfach nicht vorstellen, dass die Erde der einzige Planet sein soll, auf dem Leben entstanden ist. Was wir wahrscheinlich eher entdecken werden, ist ganz kleines, primitives außerirdisches Leben, das könnten in unserem Sonnensystem eventuell Bakterien sein.«

Ich versuche mir vorzustellen, wie diese Bakterien aussehen und was ihr Job ist. Und ob aus diesen Bakterien auf diesem entfernten Planten in Milliarden Jahren auch mal eine Toni-Peperoni entstehen wird. So wie auf der Erde aus den kleinen Einzellern alles Leben hervorgegangen ist, was es gibt. Mein Papa forscht mit Eis und Klima. Er weiß alles über Bakterien, die sich im Eis verstecken. Papa schreibt gerade seine Doktorarbeit. Na ja, hat er, bevor Mama krank wurde. Bei der Doktorarbeit quetscht er alle seine Gedanken rein in den Computer und macht eine lange Textwurst, die zeigt, wie schlau er ist, um den Leuten an der Universität zu beweisen, dass er gut nachdenken, forschen und quetschen kann. Und die machen dann Daumen hoch oder runter, und dann darf er sich entweder Doktor nennen oder nicht. Wenn die Unileute den Daumen runter machen, mach ich ihn eben hoch und bastel ihm eine Doktorurkunde. Hab ich ihm versprochen.

»Und können wir diese Alien-Bakterien jemals treffen?«

»Na ja, dafür müssten wir Technologien entwickeln, mit denen wir uns schneller im Weltraum bewegen könnten.«

»Mit Lichtgeschwindigkeit!« Ich liebe das Gefühl von Beschleunigung in meinem Bauch. Es ist das schönste Kribbeln. Geht dir das auch so? In der Achterbahn zum Beispiel? Auf der Schaukel? Mama und ich wollten mal alle Achterbahnen der Welt fahren. Hatten wir uns vorgenommen.

»Schneller noch als das.« Es knackt. *»Uns…re Milchstraße h… einen Durchm…er von über 100 000 Lichtjahren. Selbst wenn man mit Lichtgeschwindigkeit reisen könnte, bräuchte man immer noch 100 000 Jahre, um sie zu durchqueren. Da wir aber nicht so alt werden können, müssten wir schneller fliegen. Mit Mega-Warp-Antrieb quasi.«* Krchk-Geräusche.

Und ich versuche mir das vorzustellen. Also die Erde im Weltraum. Die Erde in unserem Sonnensystem. Wie sie da ihre Bahnen zieht. Unser Sonnensystem in der Galaxie. Die Galaxie im Weltraum. Das Universum mit mehr Galaxien, als auf der Erde Sandkörner sind. Wie kann das sein? Wie groß muss denn bitte das Universum sein? Und ist Mama da jetzt unterwegs im Katzenbus? Schwingt sie als Welle durch den leeren Raum? Ist sie als Bakterie wiedergeboren, ganz woanders in der Milchstraße? Und wieso eigentlich Milchstraße? Ich krieg schon wieder Gehirnschluckauf von diesen Gedanken.

»Sind eigentlich Milchstraße und Galaxie dasselbe?«

»Ja. Das Wort Milchstraße und Galaxie bedeuten dasselbe. Aber nur unsere Galaxie heißt Milchstraße. Galaxie kommt aus dem Altgriechischen, Gala bedeutet auf Griechisch Milch.«

»Auf Englisch heißt es Milky Way. Wie der Schokoriegel.« ← Frage: Wie stolz kann eine Toni auf ihr Englisch sein? Antwort: Ja.

»Ganz genau.«

»Apropos Milky Way: Snack?« ← YumYum hat mal wieder die besten Ideen.

»Snack!«

Wir schnappen uns einen Schokoriegel und mampfen.

»Ihr seid mir zwei.«

»Zwei was?«

»Schleckermäuler!«

Wir schmatzen in die Walkie-Talkies, was das Zeug hält.

»Wie groß ist denn eigentlich der ganze Weltraum?«

Es kommen jetzt öfter knisternde Geräusche aus dem Radio, wenn Zanna spricht.

»Unvorstellbar groß ... Für uns unermessli... groß. Wir kennen das Universum ja nicht ganz, wir können nur einen Ausschnitt beobachten. Und es dehnt sich immer weiter aus. Wir werden ... es vielleicht nie ...anz begreifen kön...en, wie gro...«

»Aber es war mal ganz klein, und dann kam der Urknall? BÄM! Und seitdem wächst es?« YumYum hat Zuckerflash und zappelt und zuckt schon wieder so verdächtig mit den Beinen. Gleich muss sie sich bewegen, wetten?

»So ungefähr, ja ... Es ist kompliz...t. Wir wissen ...ber den Knall selber nichts ... nur ...ber die Phase danach, in der Materie, Raum und Zeit sich schon auszudehnen begonnen haben.«

»Aber was war da vor dem Urknall?«

»Der Urknall ging von etwas aus, das Singularität genannt wird. Eine Art Punkt. Es ist schwer zu begreifen.«

Nerd-Alarm hoch zehn, ey. Ich komm nicht mehr mit.

»Mein Kopf platzt.«

»Mein Gehirn hat Knoten.«

»Mein Verstand fährt Achterbahn.«

»Meine Gedanken kochen.«

Zanna lacht, und ich mache Erwachsenensprech.

»Mwopmwopwmopwopwop.«

»Es ist kompliziert.«

»Ja!«

»Megakompliziert!«

Kapier ich echt nicht ... Was soll diese Sin-gu-la-ri-tät denn bitte sein? Ich sehe hoch zum Himmel, und für mich sieht es wieder so aus wie ein schwarzes Tuch, in das jemand Löcher gepikst hat. Und dahinter steht dann eine Schreibtischlampe und leuchtet durch die Löcher. Wie kann es denn sein, dass sich das Universum immer weiter ausdehnt? Wohin denn? Was ist denn dahinter?

»Wo rein dehnt es sich denn aus?«

»Wir wissen es nicht ...«

Vielleicht ist unser Universum nur ein ganz kleiner Tischtennisball oder ein Atom oder so in einer viel größeren Welt. Vielleicht gibt es endlos viele Universen? Vielleicht gibt es in einem dieser endlos vielen Universen noch eine Toni-Peperoni? Vielleicht lebt in diesem Universum Tonis Mutter noch und fährt mit ihr gerade Achterbahn. Ich zoome wieder raus aus dem Gedanken und rein in diese Nacht auf unsere Schlafsäcke und das Knistern im kosmischen Radio.

»Wir sind so klein im Weltraum!« Sogar YumYum ist entmutigt.

»So klein wie irgendwelche Flöhe auf der Erde?«

»Noch kleiner. Noch sehr viel kleiner.«

»Wir haben dann ja gar keine Bedeutung, oder?« ← Kurz vorm Weinen gerade. Weil sich das so einsam anfühlt.

»Vielleicht nicht für den Fortbestand des Universums. Aber wir haben Bedeutung füreinander. Und das Universum hat Bedeutung für uns. Wir sind aus denselben Stoffen gemacht wie die Sterne.«

»Hä?« Ich stehe auf dem Schlauch.

»Wie das?« YumYum auch.

»Alle Elemente, die wir kennen, sind entweder während des Urknalls oder danach in den Sternen entstanden. Und aus diesen Elementen ist alles gemacht. Auch alles, woraus die Erde besteht, und damit die Pflanzen und Tiere auf ihrer Oberfläche. Und somit auch wir.«

»Dann sind wir aus Sternen gemacht?«

Es knackt und krisselt ganz furchtbar im Radio.

»Genau.«

»Wie cool! Ich bin eine Sonne!«

Krchk-Geräusche.

»Dann ist meine Mama vielleicht doch eine Sternschnuppe geworden.«

»Viellei…«

Krchk-Geräusche.

»Zanna?«

»Ich kann euch nicht mehr rich … …ut versteh …«

Krchk-Geräusche.

»Wir …üssen uns verabschieden …«

Krchk-Geräusche.

»Nein. Geh noch nicht!«

»Du kannst sie doch nicht aufhalten, Toni.«

»Es war …ir ein… Freude … Toni und …mYum!«

Krchk-Geräusche.

»Uns auch!«

»…sche euch …lles Gute … over and out.«

»Zanna? … Zanna? … Duh juh kopih? … Zanna?«

Krchk-Geräusche.

»Sie ist weg, Toni.«

»Ja.« Ich bin so traurig gerade.

Ich bin echt nicht gut mit Abschieden. Sechs minus, quasi. Ich weiß auch nicht, wie ich das üben könnte. Jedes Mal dasselbe. Und das ist nicht nur mit Menschen so. Auch mit schönen Momenten oder mit Orten fällt es mir schwer, und meistens werde ich dann ganz hart und kalt an meiner Oberfläche, aber innen drinnen bin ich ganz klein und weich.

YumYum und ich lassen uns auf den Rücken fallen und starren in den Himmel, und plötzlich hat meine Tränenautobahn Vollbetrieb.

»Ist okay«, sagt YumYum und nimmt meine Hand. »Ist okay.«

TONIS NOTIZBUCH

Wie Mama und Papa nach dem Abendbrot meinten, dass sie mir etwas sagen müssten. Und dass wir uns alle aufs Sofa setzen sollten. Und wie ich es eigentlich da schon wusste, schon wusste, dass etwas Schlimmes los ist, weil Mama seit Wochen schon so komisch war, manchmal wie unter einer Schicht. Sie will schon wieder umziehen, dachte ich. Und dass ich da diesmal wirklich nicht mitmachen würde. Wie wir uns aufs Sofa setzten und Papas Mund aufging und der Tod herauskam und sich mit dazusetzte. Wie Mama mich nicht angucken konnte. Wie ich eine Frage nach der anderen stellte, aber keine richtigen Antworten bekam. Das wird doch wieder weggehen? Mama, du wirst doch wieder gesund? Bekommst du Medizin? Was heißt *palliativ*? Aber ich sehe gar nichts, wie kannst du so krank sein? Tut dir was weh? Was ist eine Chemotherapie? Gibt es Behandlungen, die dich gesund machen? Mama, du gehst nicht weg, oder? Oder? ODER, MAMA? Wie ich die Wut bekam. Aber richtig. Und den Tod, der da zwischen uns auf dem Sofa saß, gerne einfach umgeboxt hätte.

ERSTER BRIEF AN DEN TOD

(Eingeklebt ins Notizbuch, weil ich nicht wusste, wohin ich den schicken soll und nur »An den Tod« auf den Umschlag draufgeschrieben hatte.)

~~*Sehr geehrter*~~
~~*Hallo, Herr*~~
~~*Hallo, Frau*~~
~~*Hallo,*~~
~~*Hi Arschloch,*~~
~~*Lieber Tod,*~~
~~*Hey*~~
~~*Betrifft: Verwechslung*~~
~~*Verpiss Dich*~~
~~*Hau ab!*~~
~~*Guten Tag Tod!*~~

Betrifft: Vorschlag für einen Deal

Sehr geehrter Tod.
Wir kennen uns nicht, mein Name ist Toni-Peperoni, und weil Sie ja jetzt bei uns mit eingezogen sind in unsere schöne Altbauwohnung, hoffe ich, es ist okay, wenn ich Ihnen schreibe. Ich weiß nicht, ob da vielleicht eine Verwechslung vorliegt oder warum Sie meine Mutter jetzt schon holen wollen. Mama ist noch nicht so alt, wie man eigentlich sein sollte, wenn man stirbt. Deswegen dachte ich, ich frage mal nach, ob es ein Fehler ist.
Viele Grüße
Toni-Peperoni

ZWEI (IMMER NOCH)

Auf Mamas Handy ist eine App, die heißt *Coaster-Count* (so ausgesprochen: Kohster-Kaunt). Da sind alle Achterbahnen auf der ganzen Welt in einer Karte eingetragen. Die sind nach Kontinenten und Ländern geordnet. Immer wenn du eine gefahren bist, kannst du sie in der App abhaken. Je mehr Bahnen du gefahren bist, desto weiter steigst du auf in der Weltrangliste. Mamas Lieblingsbahn war der *Steel Dragon* in Japan. (Das wird *Stiehl Drägonn* ausgesprochen und heißt Stahldrache.) Meine Lieblingsbahn ist eine, die in Italien steht, der *Blue Tornado* im Gardaland (*Bluh Tornäihdoh* = Blauer Tornado). Da kommt ein Looping drin vor, der sieht von außen aus wie ein Herz. Deswegen. Mama hat gesagt, dass das natürlich Quatsch ist mit der App, weil wir natürlich niemals irgendwohin fliegen würden, nur um da Achterbahn zu fahren. (Weil CO_2-mäßig ja richtig schlimm und unbezahlbar obendrein.) Aber wir träumten davon. Wir stellten es uns vor.

Die Achterbahn, auf der YumYum und ich heute Nacht gefahren sind, die ist in keiner App und keiner Karte der Welt verzeichnet. Dabei war das eine der aufregendsten Fahrten überhaupt. Was für eine Nacht! Wie würde diese Achterbahn heißen!? Sie braucht einen guten Namen. *Shooting Star? Zanna-Ride? Astro Zanna?*

»Das war so auf-re-gend!«

»Ja! Eine echte As-tro-nau-tin.«

»Das glaubt uns niemand.«

»Muss ja auch nicht.«

»Wie meinst du das?«

»Kann ja unser Geheimnis bleiben.«

»Okay?«

»Komm, wir winken noch mal hoch.«

»Aber sie sieht es doch gar nicht?«

»Egal.«

Und dann winken wir beidhändig in den Himmel hoch.

»Huhu! HUHU!« ← Doll, aber leise, wegen Papa, weil drinnen flimmert immer noch Licht.

»So cool, dass das Radio funktioniert hat, YumYum!«

»Ja! Richtig cool.«

»Du bist ein Genie. Monsterbrain einfach. Wissenszombie.«

YumYum streckt beide Arme aus und macht ihren Zombieblick und ihre Zombiestimme an:

»Brains ... Brains ... Brains ...«

Sie bringt mich zum Kichern.

Mamas Smartphone darf ich erst richtig haben, wenn ich zwölf bin, sagt Papa. Manchmal gibt er es mir, und dann schaue ich Fotos an und spiele darauf. Es war einmal, da haben Mama und ich Stippstoppfilme mit einer Animations-App auf ihrem Handy aufgenommen. Es war einmal, da haben wir Fotos mit Zombiefiltern gemacht.

ZWEITER BRIEF AN DEN TOD

(Ins Notizbuch eingeklebt, kam auch zurück: An den Tod, Sterbestraße 1, Jenseits. Vielleicht weil keine PLZ vom Jenseits drauf war.)

Sehr geehrter Tod.
Sache is', dass ich meine Mama noch brauche und sie so lieb hab, dass ich sie unmöglich jetzt schon für immer gehen lassen kann. Ich weiß nicht, ob Sie das verstehen und ob Sie auch mal eine Mutter hatten oder ob Sie überhaupt wissen, was Liebe ist.
Wir geben uns hier richtig Mühe mit dem Sterben, und ich dachte, vielleicht könnten Sie mal einen Blick drauf werfen, wie viel Liebe wir hier am Start haben als Familie. Und vielleicht erweicht das ja Ihr Herz ein bisschen? Vielleicht sehen Sie das und denken sich: Ich hab fett Mitleid und hol mir lieber eine 98-Jährige aus dem Altersheim?
Und wenn das nicht geht, wollte ich vorschlagen: Lassen Sie meine Mama doch bitte vom Haken. Falls Sie deswegen ein Minus auf dem Totenkonto haben, würde ich mich anbieten, um das wieder auszugleichen.
Viele Grüße
Toni-Peperoni

TONIS NOTIZBUCH

Die letzten Tage im Hospiz. Wie dünn sie war. Ihr Körper ein Wald aus Metastasen. Kopf, Lunge, Leber, Knochen, Haut, alles vollgewachsen mit den Viechern. Wie wir das Zimmer für sie schön gemacht haben. Mit Girlanden und Blumen. Papas Erschöpfung und meine auch. Wie sie vom Morphium immer weiter weggedriftet ist. Wie sie gesagt hat: *Huch, schon so spät, ich dachte, ich hätte mehr Zeit für Rot.* Und wir so: Häh? Wie sie mich zum letzten Mal richtig angesehen hat, als ich am Fußende vom Bett stand. Wie sie ihr letztes Wort gesagt hat, aber wir noch nicht wussten, dass es ihr letztes Wort war: *Superpower.* Und mit den Händen, die auf ihrem tobenden Brustkorb lagen, hat sie ganz schwach ein Herz gemacht. Wie ich ihr ein Herz zurück gemacht und *Superpower!* gesagt habe. Wie erschöpft sie war von diesem einen Wort. Wie ich ihr mit dem Schwämmchen die Lippen feucht machen durfte. Wie die Zeit dann ganz langsam wurde, obwohl sie davor krass schnell vergangen ist, die Diagnose war ja kaum fünf Monate her. Wie laut die Sekunden aus der Wanduhr ticktockten und ich irgendwann mal dachte: *Jetzt mach schon, Mama, jetzt stirb endlich, quäl dich nicht so.* Und mich dann soooooo geschämt habe. Wie Papa und ich nur kurz draußen am Kiosk Schokoriegel gekauft haben und einen Kaffee für ihn und wir die blühende Allee bewundert haben. Wie sein Telefon klingelte, er ranging und wimmerte: Wir kommen gleich. Wie er schluchzte und ich wusste, dass sie tot ist. Und wie erleichtert ich war, dass es endlich vorbei war, und ich mich dafür schämte.

EINS

Ich versuche, meinen Babyelefantenrüssel zu heben. Ich versuche, den Gedanken auszuhalten, dass Mama tot ist. Ich lasse den Schmerz ganz kurz zu. Nur ganz kurz, weil länger kann der Babyrüssel das nicht halten. Dann mache ich alles wieder zu und lasse die Nacht in mich rein.

»Jetzt sieht man mehr Sterne als vorhin.«

»Viel mehr. Da! Ein Satellit!« ← YumYums Adleraugen mal wieder.

»Oder die ISS?«

»Nee, die ist längst nicht mehr zu sehen.«

»Stimmt.«

»Woah ... Ich hab das Gefühl, es werden immer mehr Sterne.«

»Noch ein Satellit!« ← Endlich auch mal was entdeckt.

»Ja!«

Was ich vom Tod gelernt habe: Dass wir nicht wissen können, wann wir etwas zum letzten Mal erleben. Wann unser Lebens-Countdown zu Ende ist. Dass wir nie sicher sagen können, ob es ein nächstes Mal gibt, auch wenn wir es gerne glauben möchten. Dass wir nie wissen, wie viele Erlebnisperlen wir noch auf unsere Lakritzschnüre fädeln können und dass das auch genau richtig so ist.

Stell dir mal vor, du wüsstest bei allem immer genau, dass es das letzte Mal wäre: das letzte Mal Ferien, das letzte Mal Pizza. Du könntest die Ferien oder die Pizza doch gar nicht genießen, weil du viel zu traurig wärst.

Unser letztes Weihnachten wussten wir, dass es unser letztes Weihnachten gewesen sein könnte, und es war furchtbar traurig! Letztes Weihnachten hatte Mama noch ihre Haare, aber schon die Diagnose. Da saß der Tod mit unter dem selbst gemachten Weihnachtsbaum und hat Däumchen über den Geschenken gedreht.

TONIS NOTIZBUCH

Wir hatten alles gemacht wie immer, weil Mama das so wollte: Im Wald am Tag vor Heiligabend heruntergefallene Äste gesammelt und daraus einen Baum gebastelt. Ihn mit den unmöglichsten Sachen geschmückt. Wir haben das so gemacht, gerade weil wir wussten, dass es wahrscheinlich das letzte Mal ist. (Die Ärzte hatten ihr nur noch sechs bis acht Monate Lebenszeit vorausgesagt.) Und Mama wollte eben alles so wie immer. Inklusive Plätzchen backen und dabei *Drei Nüsse für Aschenbrödel* gucken. (Obwohl sie dazusagte, ich solle mich von der bescheuerten Prinzessinnenromantik, dasFrauenbildhabesichlängstgeändert whopwhopp whopwhop, nicht einlullen lassen.) Oma und Opa kamen zum Essen, und Oma heulte zwischendurch auf dem Klo, weil niemand über den Tod sprach, der aber mit am Tisch saß und unsere Klöße aß. Wir haben uns, wie immer, selbst gemachte Sachen geschenkt. (Na gut, ich bekam auch noch neue Fußballschuhe und Strümpfe.) Wir haben Weihnachtslieder gehört und mitgesungen. Aber über allem lag eine Schicht aus Traurigkeit.

Und dann gab es den Streit, weil Oma auf einmal losheulte und sagte: Das kann ich nicht, hier *Oh, du Fröhliche* singen und so tun, als würde meine Tochter nicht sterben. Und dann wurden alle laut, und Papa hat den Schnaps rausgeholt, und alle haben sich gegenseitig etwas vorgeworfen. Bis ich gebrüllt hab: AUFHÖREN! Und alle leise waren. Weil ich gesagt habe: Es ist doch vielleicht das letzte Weihnachten so zusammen! Nicht streiten, bitte!

Dann habe ich die großen Wunderkerzen geholt, die extralangen, und befohlen: Wir machen jetzt auf der Terrasse Wunderkerzen an!!! Wie wir da standen mit den Wunderkerzen, sie in den Himmel hielten und auf ein Wunder hofften.

Es war einmal, da haben wir Wunderkerzen abgebrannt und uns dabei gefreut und gelacht. Aber nicht letztes Weihnachten.

EINS (IMMER NOCH)

Vielleicht ist es ja wirklich gut, dass wir Sachen einfach erleben, ohne zu wissen, ob es das letzte Mal ist. Deswegen muss die Erlebnisperle aber auch gut sein. Nicht, dass du beim Sterben denkst: Hätte ich doch eine andere Pizza gegessen. Ich glaube, das Leben darf keine Hätte-ich-doch-Lakritzschnur werden, die dann tonnenschwer um deinen traurigen Hals baumelt. Meine Meinung. Aber was weiß ich schon, ich bin ja nur Toni-Peperoni.

»Irgendwo gibt es einen Pferdekopfnebel, oder?«, frage ich YumYum.

»Ja, aber den kann man nur mit speziellen Teleskopen sehen.«

»Wie heißen diese da?« Ich zeige nach oben links.

»Welche?«

»Die drei da nebeneinander. Siehst du?«

»Das ist die nördliche Krone, glaub ich.«

»Und die da, die so aussehen wie ein Herz?«

»Die gehören anders zusammen, das da ist Herku…«

»Mir egal, ich nenne die Sterne von jetzt an das Superpower-Himmelsherz.«

»Aber die heißen doch …« ← YumYum schnallt gar nix.

»Wir können doch ganz neue Sternenbilder erfinden!«

»Hahaha.«

Ich mache weiter, als sei es das Normalste von der Welt. Erkläre YumYum den Sternenhimmel, wie ein Toni-Peperoni-Vollprofi:

»Dort siehst du zum Beispiel den Durchgedrehten Affen. Diese drei sind der Kopf und die dort die Arme, die Beine dort. Und kennst du schon die Laaaangsaaaaame Schildkröte? Da drüben! Der Panzer und der Kopf und unten die Beinchen. Und das Lange da ist der berühmte Saure Himmelspommes …«

»Und da der Quatschnebel, er ist nur so weit weg, man kann ihn nicht sehen, weißt du, dafür brauchst du ein spezielles Teleskop.« ← YumYum endlich mit an Bord!

»Genau! Und da! Schau! Totoro! Der Bauch, die Schnurrhaare! Alles dran.«

»Nicht zu verwechseln mit dem öden Schnurrbart meines Vaters. Dort ein Bogen und da einer. Ergibt gleich einen Schnurrbart.«

»Und der da, der am hellsten leuchtet, siehst du den?«

»Ja.«

»Das ist jetzt mein Mama-Stern!«

»Das ist schön.«

Ich mache mit meinen Händen ein Herz und sage zu Mama: »Shoh mih yuar superpauwa!« So wie sie es immer zu mir gesagt hat. OMG, siehst du das!? Das gibt es doch nicht! Eine Schnuppe, eine kleine Sternschnuppe, zischt über den Himmel!

»Wow«

»Siehst du? Sie ist noch da.«

»Ja.«

Meine Hand sucht YumYums Hand. Und dann liegen wir beide einfach so da. Zwei kleine Wesen mit vollen Bäuchen auf ihren Schlafsäcken zwischen Naschzeug und einem kosmischen Radio. Zwei müde Tiere mit Abenteuer im Bauch und Vermissung im Herzen.

»Bist du müde?«

»Ja.« YumYum lässt einen Megagähner raus.

»Wollen wir hier schlafen? Unter dem Himmel?«

»Nicht im Zelt?« ‹ Da höre ich die Angst ihrer Mutter mit raus.

»Nö …«

»Gute Idee!« ← Da höre ich die besiegte Angst ihrer Mutter mit raus.

Unsere Schwerkraft ist auf einmal noch schwerer. Wir schieben alles vorsichtig von unseren Schlafsäcken runter und werden wieder zu Raupen, die im Traum Metamorphose machen können. Knips. Knips. Die Taschenlampen sind aus.

»Gute Nacht, YumYum.«

»Nacht, Totoroni.«

»Tut mir leid, dass deine Mama immer meckert.«

»Tut mir leid, dass deine …«

»Ja …«

»Schlaf gut.«

»Träum was Schönes.«

»Du auch!«

»Von den Sternen.«

»Der Schwerelosigkeit.«

»Den Sternschnuppen.«

»Ja.«

»Wir sind aus Sternenmaterial gemacht.«

Es ist kurz still.

»YumYum, kennst du das Nein-Land?«, frage ich. Natürlich kennt sie es. Sie weiß, dass mich die Geschichte beruhigt.

»Nein«, antwortet sie, »erzähl!«

TONIS NOTIZBUCH

Wie Mama mir die Gutenachtgeschichte noch mal erzählen musste und ich mit Papas Handy dabei auf Aufnahme gedrückt habe. Wie sie angefangen hat wie immer: *Es war einmal ein Land, kennst du das Nein-Land?* Und ich wie immer mit *Nein* geantwortet habe und sie dann wie immer gesagt hat: *Also kennst du es!*

Ja, Mama, ich kenne das Nein-Land, ich kenne die Geschichte auswendig.

Und ich weiß, Mama, dort war es düster und kühl, dort schien anstatt der Sonne ein Klumpen Teer am Himmel. Dort verdienten die Flüsse ihre Namen nicht, weil sie nicht flossen, sondern schwer vor sich hin dümpelten. Da kokelte und qualmte es und rochen die Dörfer verbrannt. Dort weideten auf Wiesen aus verdorrtem Gras stinkende Riesenunken. Dort gingen die Menschen gebeugt und krumm und kannten keinen Grund, ihren Blick zu heben. In diesem Nein-Land, in einem Nein-Dorf, da wurde eine Toni-Peperoni aus einem Kohlkopf geboren. Und wie ich dann wie immer gesagt habe: *Das bin ja ich.*

Wie Mama nicht geweint hat, einfach weiter in Papas Handy erzählt hat, mich dabei im Arm: *Und diese Toni-Peperoni war von Anbeginn so wild, so anders, so laut, so eine hatte das Nein-Dorf noch nie gesehen. Sie lachte viel und stupste schon als kleines Kind die Riesenunken an. Sie aß ihren Rübenbrei mit Vergnügen und beschwerte sich nie. Sie hatte den Blick im Himmel und sang jeden Tag laut und freudig zum Teerklumpen hoch.*

Und wie ich wusste, dass es das letzte Mal war, dass Mama die Geschichte erzählt, wie ich es genau wusste und doch nicht glauben wollte, nicht glauben konnte, weil es zu sehr wehtat. Wie ich still zuhörte und Mama von Toni-Peperonis Aufwachsen und ihrer Reise durchs Nein-Land erzählte, von der größer werdenden Traurigkeit, der Düsternis im Nein-Land, von ihren Abenteuern, von dort wegzukommen und der Metamorphose: Wie Toni-Peperoni ein Schmetterling wurde, mit Flügeln auf dem Rücken und Fühlern auf dem Kopf. Wie sie taumelnd flatterte und von oben entdeckte, dass sie die ganze Zeit im Kreis gelaufen war und die Wiesen ganz in der Nähe doch grün waren. Wie sie endlich das Meer sah und dort ein Wesen traf, das auch Flügel hatte und ein Horn auf dem Kopf, ein Wesen, das YumYum hieß.

Wie ich die Aufnahme von Mama nicht anhören kann, weil ich es noch nicht ertrage, ihre Stimme zu hören, aus Angst die Vermissung nicht auszuhalten.

Wie ich mir abends die Geschichte selber erzähle zum Einschlafen, weil ich sie auswendig kann.

NULL

Also erzähle ich YumYum die Geschichte zum ich weiß nicht wievielten Mal. Ich beginne mit *Es war einmal ...* und betone genau wie Mama. Ich hebe meine Stimme und senke sie, genau wie Mama. Ich mache die Pausen genau da, wo Mama sie gemacht hat.

»Weiter«, flüstert YumYum, als ich an der Stelle kurz anhalte, wo Toni-Peperoni freudig ihren Rübenbrei isst. Keine Ahnung, wie Mama auf so was gekommen ist. Denn ich beschwere mich oft, maule viel, bin bockig, habe Hörner und mag definitiv keinen Rübenbrei!

Und als ich da ankomme, wo der Nein-Land-Toni das Herz so schwer wird und ihr alles immer düsterer erscheint, ist mir, als hätte Mama gewusst, was alles kommen würde. Wie traurig ich mal werden würde ihretwegen. Auf einmal verstehe ich die Gutenachtgeschichte ganz neu. So, als hörte ich sie heute aus meinem eigenen Mund zum ersten Mal. Und das Nein-Land ist kein Land, sondern meine Mamavermissung. YumYum atmet schwer, glaub, sie schläft schon. Ich erzähle trotzdem weiter. Für dich. Mit irgendwelchen Fühlern oder Tentakeln, mit irgendwelchen Babyrüsseln kann ich dich spüren, Mama. Ich erzähle dir, wie Toni über Nacht Flügel wuchsen.

TONIS NOTIZBUCH

Wie ich nach dem großen Streit einen Zettel an meine Zimmertür gehängt hatte, auf dem *NEIN-LAND* stand. Und ich in meinem Zimmer auf alle Fragen dann nur noch mit *Nein* antwortete. Wie Mama dann in jedes andere Zimmer der Wohnung einen Zettel geklebt hat, auf dem *JA-LAND!* stand, und wie sie sagte, dass wir jetzt auf alle Fragen in der Wohnung immer mit *Ja* antworten müssten. Und wie wir da standen: Ich in meinem Zimmer: Nein, nein, nein. Und sie im Flur: Ja, ja, ja.

Ich: Darf YumYum bei uns in der neuen Wohnung wohnen?

Sie: Ja. Bist du noch stinkig wegen des Umzugs?

Ich: Nnnnnein. ← Grummel.

Und wie wir dann doch lachen mussten und ein Spiel draus machten.

Ich: Bekomme ich morgen Pommes zum Frühstück?

Sie: Ja! Willst du morgen Pommes zum Frühstück?

Ich: Nnnnnnein.

NULL (KOMMA NIX)

YumYum atmet tief und träumt sich bestimmt schon auf den Mars, aber ich kann nicht einschlafen, sosehr ich mich auch anstrenge. Als wäre der Schlaf ein Haus ohne Tür. Ich komm einfach nicht rein. Immer wieder gehen meine Augen auf, nichts zu machen. Ich bin angeschaltet, wie eine Toni-Peperoni-Taschenlampe, und ich leuchte nach oben. Himmelwärts. Das Gefühl, Mama streicht mir übers Haar, da kribbelt es in meiner Brust, und ich spüre, dass der Eispanzer ein bisschen taut, dann laufen Tauwasser-Tränen.

Und jetzt höre ich, wie Papa die Balkontür öffnet und rauskommt, ich höre seine Schritte auf der Terrasse. Ich bin mucksmäuschenstill und hoffe, dass er gleich wieder reingehen wird, aber nach einer Weile schlurft er in unsere Richtung durchs Gras. Das gibt gleich so einen Ärger. Mein Herz kommt mir schon aus den Ohren wieder raus, so laut schlägt es. Ich tue so, als würde ich schlafen. Siehst du, Papa, wie ich schlafe? Wie ich träume und Flügel habe? Wie ich im Nein-Land unterwegs bin? Nicht schimpfen, Papa, bitte. Jetzt bleibt er stehen. Gleich geht es los. Aber da kommt nichts, kein Piep.

Dann fühle ich, wie er sich neben mich legt und ganz sanft meine Haare streichelt. Ich drehe mich zu ihm und mache die Augen auf.

»Hi«, flüstert er.

»Hi«, flüstere ich.

»Toni-Peperoni«, flüstert er, »kleine Raupe, kannst du nicht schlafen?«

»Nein. Sie fehlt mir so.«

»Mir auch«, sagt er.

»Ich bin so traurig.«

»Ich auch.«

Und dann lässt Papa auch laufen, und jetzt liegen wir Gesicht an Gesicht mit tauenden Herzen und tropfenden Augen, und er streichelt meinen Haaransatz genau richtig, genau so, dass es tröstet. Ich mache eine Notiz fürs Papa-Zeugnis: Note Eins im Trösten.

»Aber sie kommt nicht mehr zurück. Das musst du verstehen.«

»Vielleicht als Zombie«, sage ich, und Papa lacht leise.

»Dann stellen wir ihr an Halloween ein paar Augenlollis hin«, sagt er.

»Eine Gehirntorte.«

»Mindestens«, sagt Papa. »Komm her, roll dich ein.«

Und dann parke ich rückwärts ein in null Komma nix, presse meinen Rücken gegen Papas Bauch, er umärmelt mich, das tut sooo gut. Genau das hab ich gebraucht.

Ich korrigiere die Trösten-Note im Papa-Zeugnis: Eins mit Sternchen.

Mein Erlebnisperlen-Countdown ist für heute bei null angekommen. Morgen knacke ich einen neuen an. Und der beginnt mit einem Frühstück im Garten. Und irgendwie muss ich Papa dazu kriegen, dass er uns bald mal ein Teleskop besorgt. Und dann zeig ich ihm den Mama-Stern. Vielleicht sammle ich jetzt Sternschnuppen, so wie Mama versteinerte Seeigel.

Ich mache die Augen zu. Irgendwo knattert ein Motorrad. Aus einem Garten in der Nähe leises Gelächter. Ein Knistern. Ein Vogelruf.

TONIS NOTIZBUCH

Wie Mama mir gesagt hat, dass sie mich liebt und immer lieben wird, auch über den Tod hinaus. Und dass wir in der Liebe unsterblich sind. Und sie sich aber schon ein bisschen ärgert, dass sie nicht sehen kann, ob ich die Meisterschaft mit meiner Mannschaft gewinne. Wie sie mir gesagt hat, dass sie mir Zeichen schickt. Und dass sie dankbar ist für jeden Augenblick mit mir. Und dass wir die Möglichkeit hatten, uns zu verabschieden, wie kostbar das für sie ist. »Was für ein Glück, dass wir uns hatten, Toni-Peperoni. Ich werde dich so vermissen.«

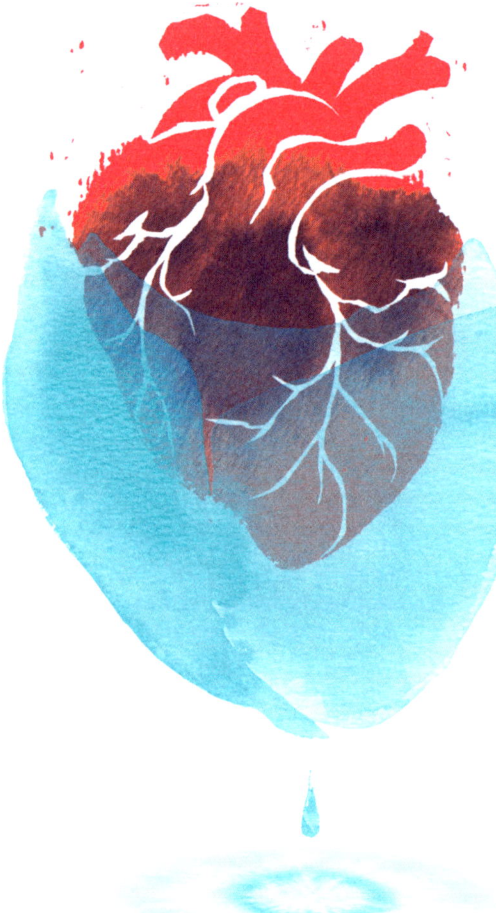

DANKE

Ich danke allen wibbelnden, wobbelnden Kopfkosmonaut*innen. Allen, die mich ermutigt haben, aus meinem Theaterstück ein Buch zu machen. Stephanie Töwe für den Funken. Juliane Lachenmayer für die ersten Schritte. Suzanna Randall, ich drücke dir die Daumen für den Weltraum. Julia Eichhorn fürs Mutmachen. Finn-Ole Heinrich für Mauldawien. Tatjana für die gemeinsamen Pommes. Lann für die Inselzeit. Dem ganzen Hanser-Raumschiff. Saskia Heintz, Nina Engel und Ruth Nikolay für die Zusammenarbeit. Bea Davies, die ich mir von Anfang an als Illustratorin gewünscht habe. Daniel dafür, dass er mich im Schreibtunnel erträgt, für seinen liebevollen, feinsinnigen Blick. Luka, meiner Erstleserin: Tippitoppi, danke schön. Ich danke meiner Mama und meiner Schwester fürs Dasein. Und meinem Papa für alle Zeichen.

Name Bea Davies, @beanaomidavies

Alter Dreiunddreißig (immer noch)

Sport Gewichte (Babytragen). Mehrmals täglich den Weg zwischen Zeichentisch und Toilette laufen.

Lieblingstier Lakritzschnecken

Lieblingsfarbe Alle!

Superkraft Zeichnungen für Bücher in Lichtgeschwindigkeit erschaffen (oder fast).

Spezialtechnik Familienalltagsbedingte Prokrastination. Komfortzone erkennen → Komfortzone verlassen.

Das machst du gerne Kaffee kochen (lieber als Kaffee trinken). Morgens spazieren. Abends spazieren. Pflanzen gießen. Pflanzen beim Wachsen zuschauen.

Das magst du Pflanzen. Bäume. Vögelzwitschern. Zeit vergessen.

Das magst du nicht Tote Bäume. Bagger. Kotzbrocken. Stress.

Was ist das größte Abenteuer, das du erleben willst? Auf einer Raumstation eine Künstler-Residency haben und monatelang im Weltraum zeichnen.

Hast du ein*e Pommesfreund*in? Ja. Mein ältester Sohn.

Name Karen Köhler, @seven_of_nein

Alter Hahahahaha.

Sport Muckibude und ich, Kamikaze.

Lieblingstier Elefantenbaby, nein: Fuchs. Nein: Zaunkönig. Äh: Delfin. Ich meine Wal. Quatsch. Bär. Schmetterling!

Lieblingsfarbe Ultramarinblau, so wie das Meer in der Ägäis aussieht. Mitternacht. Regenbogen.

Superkraft Liebe. Worte zusammenlöten. Empathie haben. Solidarität. Feminismus. Zärtlichkeit.

Spezialtechnik Aikido mit der Schwerkraft, Kopfkino, Gefühlslambada, Vollmond anjaulen.

Das machst du gerne Geschrieben haben, Sterne gucken, kochen, im oder am Meer sein, tanzen. Mir vorstellen, ich hätte ein Fell. Oder Flügel. Oder beides.

Das magst du Weltraum, Sachen rausbekommen, Pommes, ein Rudel haben.

Das magst du nicht Zecken, verlieren (egal bei was), Ungerechtigkeit, Egoismus, Kapitalismus, Rassismus, Sexismus.

Was ist das größte Abenteuer, das du erleben willst? Neugierig bleiben.

Hast du ein*e Pommesfreund*in? Hallo?! Logisch.